Carolyn Keene

Chantage en vidéo

Traduit de l'américain par Anne de Gérus

Hachette

DU MÊME AUTEUR

Dans la même collection :

1. Sortilèges esquimaux
2. La chambre secrète
3. Le fantôme de Venise

L'édition originale de ce roman a paru en langue anglaise chez Pocket Books, (Simon & Schuster) New York, sous le titre :

SECRETS CAN KILL

Hachette, 69, boulevard Saint-Germain, Paris VIe

1

Debout au milieu de sa chambre, les mains sur les hanches, Nancy Drive considérait la situation. Des vêtements neufs étaient éparpillés partout : jetés en vrac sur le lit, étalés sur les dossiers de chaises, à moitié sortis des sacs.

Se moquant du désordre, Nancy attrapa le jean à la dernière mode qu'elle venait d'acheter.

« Que pensez-vous de mon style "nouveau-détective-privé" ? demanda-t-elle en enfilant son pantalon. Passe-partout mais fringué !

— Je donnerais n'importe quoi pour avoir un job comme le tien. » Susan Yates examinait l'étiquette d'un maxi-pull vert qui s'accorderait à merveille avec les cheveux blond vénitien de Nancy. « D'abord, c'est l'occasion de t'acheter une pleine armoire de vêtements, et en plus, les plus beaux garçons de Bedford High vont te courir après. »

Jennifer Blake finit sa glace et lança :

« Mais qu'est-ce qui se passe donc dans ce lycée ?

— Je ne connais pas encore les faits mais ça ne semble pas être si terrible, répondit Nancy. Des casiers ont été fracturés, il manque quelques dossiers et certaines pièces du matériel vidéo. » Elle remonta la fermeture de son jean et saisit le pull que lui tendait Susan. « M. Parton, le proviseur, a affirmé qu'il me donnerait plus de détails demain. A mon avis, cette enquête ne sera probablement pas de la tarte, reprit Nancy avec un large sourire, mais elle ne s'annonce pas non plus pire que celles que j'ai déjà menées. »

A dix-huit ans, Nancy Drive passait déjà à River City, sa ville, pour l'une des jeunes détectives les plus brillantes et les plus acharnées des alentours. Elle avait acquis cette réputation petit à petit, à la dure, en recherchant des indices et en élucidant des mystères qui allaient des incendies volontaires aux enlèvements.

Nancy menait chaque affaire avec le plus grand sérieux, bien entendu, mais se faire passer pour une lycéenne afin de mettre la main sur un petit casseur ne paraissait pas bien compliqué. Après tout, elle s'était déjà trouvée face à des voleurs armés et à des maîtres chanteurs.

Nancy se contempla dans le miroir. Le reflet qu'il lui renvoya lui plut. Le jean moulant épousait parfaitement ses longues jambes minces tandis que le pull vert mettait en valeur la couleur blond-roux de ses cheveux. Ses yeux brillaient d'excitation à l'idée d'une nouvelle enquête. Elle comptait bien élucider ce petit mystère assez rapidement et pensait que ça pourrait même se révéler amusant!

«Dans l'immédiat, dit-elle à ses deux amies, le point le plus ardu de l'affaire est de décider comment m'habiller.

— Reste comme ça, répliqua Susan, soupirant d'envie devant la silhouette élancée de Nancy. Les garçons seront fous de toi.

— Il ne lui manquerait plus que ça, dit Jennifer en plaisantant. Une meute de petits jeunes la suivant partout comme des chiots!

— Hé, au fait, vous avez vu le capitaine de l'équipe de football de Bedford? demanda Susan en écarquillant les yeux. On ne l'a pas surnommé le "beau" Hogan pour rien!»

Susan et Jennifer, les meilleures amies de Nancy, étaient cousines, mais c'était à peu près tout ce qu'elles avaient en commun. Susan était une blonde pétillante, facile à vivre et toujours à l'affût de deux choses : un bon régime et un petit ami sympa. Pour l'instant, elle n'avait trouvé ni l'un ni l'autre. Elle essayait en permanence de perdre ses kilos superflus et changeait de copain tous les mois.

Jennifer, les cheveux bruns, bouclés, le sourire timide, avait un corps de sportive aux formes harmonieuses. Elle était beaucoup plus posée et dotée d'un sens de l'humour plutôt caustique. Elle appréciait les garçons autant que Susan, mais elle considérait l'amour avec plus de sérieux. «Lorsque je tomberai amoureuse, avait-elle coutume de dire, ce sera pour de bon.»

Toutes deux avaient déjà, par le passé, aidé Nancy à résoudre des affaires. Elles venaient de passer toute la journée dans la galerie marchande, à aider la "nouvelle élève" de Bedford High à choisir sa garde-robe.

«De toute façon, poursuivit Susan, Nancy sera immunisée contre le charme du beau Hogan. Il y a Mike, pas vrai?

— Si.»

Nancy jeta un regard sur le miroir placé au-dessus de sa coiffeuse. Elle y avait accroché une photo de Mike Peterson et son sourire s'attendrit en songeant au premier garçon qu'elle ait jamais aimé.

Nancy et Mike entretenaient des relations très particulières. Ils se connaissaient depuis l'enfance. Lorsqu'ils s'étaient aperçus qu'ils s'aimaient, ils avaient pensé que c'était pour toujours. Aucun d'eux n'étant encore prêt à s'engager pour la vie, il leur arrivait de se séparer de temps en temps et de sortir avec d'autres. Pourtant, Nancy revenait toujours vers Mike. Ils s'accordaient bien et quoi qu'ils fissent — rechercher les indices d'une mystérieuse affaire ou passer une soirée en amoureux — chacun d'eux avait toujours l'impression de lire dans les pensées de l'autre.

Nancy se demanda si Mike savait à quoi elle pensait à ce moment-là : aussi séduisant qu'il pût être en photo, avec ses cheveux châtain clair, ses yeux doux et sombres et sa bouche au léger sourire, Mike était cent fois mieux en chair et en os.

Frissonnant au souvenir de ses bras autour d'elle, Nancy se promit de le rejoindre pour un long week-end avec sa famille dans leur chalet à la montagne, une fois l'affaire Bedford High tirée au clair.

« Tu as raison, reprit-elle. Pour moi, personne ne vaut Mike, mais, si je rencontre un garçon de terminale vraiment super, je m'arrangerai pour avoir son numéro de téléphone pour toi.

— Génial ! »

Susan jouait avec le médaillon en or qu'elle portait toujours autour du cou. Quand elle était amoureuse, elle y dissimulait le portrait de l'heureux élu. Pour l'instant, il était vide.

« Mais je ne voudrais pas être égoïste, ajouta-t-elle en riant. Débrouille-toi pour obtenir aussi un numéro pour Jennifer. »

Celle-ci rougit et lança un oreiller à sa cousine.

« Non, merci. Je me trouverai un garçon toute seule.

— J'ai déjà entendu ça, fit Susan en plaisantant. Allez, Nancy est parfaitement capable de nous arranger ça. Qui sait quand une telle occasion se représentera ? »

Jennifer jeta un second oreiller, mais cette fois-ci, en riant.

« Nancy est censée mener une enquête et non nous caser.

— Et alors? Elle peut faire les deux! Pas vrai, Nan?»

Susan lança un des oreillers à Nancy, qui le lui renvoya et, en quelques secondes, une bataille de polochons s'engagea. Les plumes volaient partout et venaient se poser sur les piles de vêtements et sur les sacs. Très vite, la chambre fut dans un désordre indescriptible.

La bagarre battait son plein lorsque la gouvernante des Drive pointa sa tête dans l'entrebâillement de la porte et évita avec bonne humeur un oreiller qui voltigeait.

Martha Hibbs était chez les Drive depuis la naissance de Nancy. Après la mort de Mme Drive, alors que Nancy n'était encore qu'un bébé, son rôle avait dépassé celui d'une simple gouvernante. C'est Mme Hibbs qui avait consolé et grondé Nancy pendant toute son enfance par des baisers. Des années s'étaient écoulées, mais elle était toujours prête à prodiguer encouragements et conseils avec affection, et fermement quand il le fallait. Avec le temps, Martha était presque devenue une seconde mère pour la jeune fille. Elle était toujours là lorsque le père de Nancy, qui était avocat, devait s'éloigner pour son travail. James Drive faisait une confiance absolue à Martha et Nancy l'aimait profondément.

«Martha! s'écria Nancy en riant à la vue de Mme Hibbs. Je sais ce que tu vas dire. Demain il y a classe et je ferais mieux de ranger ma chambre et d'aller me coucher de bonne heure!

— Hé oui, demain tu vas entreprendre de

nouvelles activités et je suis persuadée qu'une bonne nuit de sommeil te serait bénéfique, rétorqua Martha. Mais la véritable raison de mon irruption est ceci. »

Elle tendit à Nancy une enveloppe épaisse en papier bulle.

Nancy la prit. Il n'y avait dessus ni adresse d'expéditeur, ni timbre, ni cachet de la poste, seulement son nom écrit au feutre noir.

« D'où cela vient-il ? demanda-t-elle.

— Je n'en ai pas la moindre idée, répondit Martha. J'étais sortie pour balayer le porche, il y a environ cinq minutes. C'est là que je l'ai vue. Elle dépassait de la boîte aux lettres. »

Nancy palpa le paquet puis le porta à son oreille.

« Bon, ça ne fait pas tic-tac », dit-elle en plaisantant.

Elle déchira l'enveloppe et en extirpa une cassette vidéo sans étiquette.

« Terrible ! s'exclama Susan. Un film. Ça fait un bout de temps que j'ai envie d'en voir un bon.

— Dommage qu'on n'ait pas de pop-corns, observa Jennifer comme elles descendaient au rez-de-chaussée.

— Je viens justement d'en acheter un paquet, répliqua Martha, en se dirigeant vers la cuisine. Venez vous servir si vous avez faim. »

Nancy alluma la télévision du salon puis ouvrit le meuble dans lequel se trouvait le magnétoscope.

« J'aimerais bien savoir d'où ça vient, dit-elle.

Qui donc s'amuse à semer des cassettes sur le pas des portes?

— C'est peut-être un truc publicitaire, suggéra Susan.

— Non, j'y suis!» et Jennifer se mit à rire. «C'est cette cassette sur l'entraînement sportif qui passionnait tellement Susan — celle avec tous les types super.»

Nancy sourit.

«Ouais, j'avais l'impression aussi qu'elle s'intéressait plus aux beaux garçons qu'aux exercices.» Elle glissa la cassette dans le lecteur et appuya sur le bouton "play".

«Bon, dit-elle en allant rejoindre Susan et Jennifer sur le canapé, vous êtes prêtes?»

Elles riaient encore lorsque le film commença. Dès les premières images, les rires cessèrent.

«Qu'est-ce que c'est que ce truc?» demanda Jennifer.

Susan poussa un petit cri de surprise en se penchant en avant.

«Mais, c'est nous ça. Regardez!»

Silencieuses, les jeunes filles regardèrent le film de ce qu'elles avaient fait six heures auparavant : elles se virent arriver dans l'allée marchande, discuter pour savoir dans quel magasin entrer en premier.

Puis, la caméra s'arrêta presque exclusivement sur Nancy. C'était bien elle, là, qui contemplait les mannequins exposés dans la vitrine d'une élégante boutique; c'était elle encore qui sortait du magasin *Du Haut en Bas* et vérifiait le contenu de son portefeuille.

« Tu avais peur d'avoir oublié ta carte de crédit à l'intérieur, constata Susan. Tu te souviens ?

— Oui, très bien. » Nancy ne détournait pas ses yeux de l'écran. « Mais je n'ai pas le moindre souvenir d'une personne en train de traîner par là avec une caméra vidéo. »

Le film continuait à montrer Nancy : sur l'escalier roulant, entrant et sortant des magasins, buvant son Coca à petites gorgées. On voyait ensuite les trois amies manger des hot-dogs, assises autour de la fontaine de la galerie marchande.

« C'est vrai, remarqua Susan, la caméra vous donne vraiment cinq kilos de plus. »

Jennifer secoua la tête.

« Ça doit être une plaisanterie un peu bizarre.

— Bizarre, oui, acquiesça Nancy, mais si c'est une plaisanterie, elle ne me fait pas rire.

— Il ne doit pas y avoir grand-chose de plus sur la bande, *Panache* est le dernier magasin où nous soyons allées », dit Susan.

Effectivement, comme elles se voyaient en sortir, la caméra se fixa sur Nancy. La dernière image s'éteignit sur un gros plan de son visage souriant.

Nancy allongeait le bras pour arrêter le magnétoscope lorsqu'un son rauque et plaintif l'immobilisa, la main en l'air.

Puis, une voix aiguë, affreusement stridente, s'éleva dans le confortable salon.

« Cours les magasins, Nancy Drive. C'est moins dangereux que de fouiner à Bedford High. »

2

Tôt le lendemain matin, alors que Nancy sortait sa Mustang rouge, le son de cette voix effrayante lui revint. « Cours les magasins, hein ? » Nancy murmura entre ses dents : « Et quoi encore ? » Elle passa la première et allait accélérer lorsqu'elle aperçut Martha qui surgissait sur le seuil de la porte d'entrée.

« Tu as oublié ceci, dit-elle en tendant un sac de toile orange dans lequel Nancy avait mis cahiers, stylos et maquillage, pour "son premier jour" de cours.

— Merci, Martha. » Nancy étouffa un bâillement et sourit. « J'ai failli laisser le plus important.

— Tu n'as pas l'air bien réveillée ce matin, je dois dire, fit Martha en guise de commentaire. Je dirais même que tu sembles complètement endormie.

— Ça va, Martha, je t'assure. A tout à l'heure ! » Nancy agita joyeusement la main tandis qu'elle quittait la maison. Martha avait raison. Elle était tout, sauf vive et alerte.

« Rien d'étonnant », pensa Nancy. Elle n'avait pour ainsi dire pas dormi de la nuit. Elle était toujours un peu tendue avant de commencer une nouvelle affaire, mais jamais à ce point-là. Allongée dans le noir, elle n'avait cessé de repasser dans sa tête la mystérieuse cassette.

Le pire était cette horrible voix qui vous donnait la chair de poule. Le son en avait résonné toute la nuit et jusqu'au matin dans son crâne. Nul doute que la voix avait été déformée de manière électronique, mais elle n'en était pas moins angoissante. De plus, apprendre que quelqu'un l'avait suivie toute la journée terrifiait Nancy. Elle ne put s'empêcher de songer à l'équipement vidéo qui avait été dérobé à Bedford High. Pouvait-il y avoir un rapport entre les deux ?

Qui en était responsable ? Et pourquoi ? Pourquoi un lycéen, occupé à fouiller dans les casiers et à voler quelques dossiers, se donnerait-il tant de peine pour l'effrayer ? Et qui pouvait savoir qu'on lui avait confié l'enquête ? C'était surtout cette dernière question qui avait gardé la jeune détective éveillée.

Nancy avait essayé de ne pas penser à ces pièces du puzzle Bedford High. Elle savait qu'elle ne pourrait pas les assembler avant de se rendre sur le campus du lycée et d'y effectuer quelques recherches. Pourtant, elle était incapable de réfléchir à autre chose. Elle était là, nerveuse, les yeux cernés ; l'enquête commençait bien !

Tandis qu'elle parcourait les vingt-cinq kilomètres qui séparaient River City de la ville de Bedford, Nancy mit la radio sur sa station rock préférée, espérant que la musique lui changerait les idées. Elle ralentit en passant devant le concessionnaire Ford. La nouvelle Mustang GT décapotable qui l'avait tant fait rêver, s'y trouvait encore. « On se calme, Nancy » se réprimanda-t-elle avec un petit sourire, tout en essayant d'empêcher son cœur de battre à tout rompre. Puis, appuyant sur l'accélérateur, elle fonça vers la ville.

Bedford était une belle petite agglomération avec de superbes villas entourées de pelouses verdoyantes, possédant certainement des piscines dissimulées quelque part dans leur jardin. A l'entrée de la ville, le long de la route menant au lycée, Nancy passa devant quelques-unes de ces maisons qu'on ne pouvait qualifier que de somptueuses résidences.

« Il y a vraiment beaucoup de gens riches à Bedford », se dit Nancy en s'arrêtant à un feu rouge. Juste à ce moment-là, une luxueuse Porsche 911 noire, étincelante, vint se ranger à côté d'elle.

Nancy jeta un coup d'œil admiratif sur la voiture, et son propriétaire poussa légèrement le moteur — qui gronda à plusieurs reprises. Nancy sourit à cette avance indubitable et dévisagea le conducteur.

C'était un des plus beaux garçons qu'elle eût jamais vus. Il avait approximativement dix-sept ans. Ses cheveux qui avaient dû être d'un blond presque blanc quand il était petit, étaient maintenant assombris par des mèches brun doré. Ses yeux — bruns ou noirs ? — étaient rieurs et lumineux lorsqu'il sourit à Nancy et qu'il poussa encore une fois le moteur.

Cela la sortit complètement de son engourdissement. Elle lui rendit son sourire et joua de l'accélérateur, elle aussi. « On peut s'amuser à deux à ce jeu-là », pensa-t-elle.

Nancy vit la flèche virer au vert. Ne quittant pas le garçon des yeux, elle passa tout doucement sa première, puis démarra en trombe devant la Porsche, débordant largement sur son couloir de sorte qu'il fut contraint de la suivre tout le long de la route de Bedford. Il se rendait au lycée, certainement.

Nancy perdit la Porsche de vue quelque part sur le parking des élèves de Bedford High et elle ne cessa de penser au jeune homme qu'en se mêlant à la foule des jeunes qui gravissait les marches du lycée.

Le conducteur de la voiture n'était décidément pas facile à oublier.

Bedford High, avec un effectif global d'environ six cents élèves, n'était pas un grand établissement scolaire. Nancy eut l'impression que tous les élèves du lycée tournaient en rond dans le vaste hall d'entrée. On aurait dit de vrais gamins. En attendant que la cloche sonne, ils riaient ensemble, s'interpellant les uns les autres, discutant de sorties et des prochains contrôles.

Il ne fallut qu'un instant à Nancy pour entrer parfaitement dans la peau de son personnage : une nouvelle élève débarquant dans un nouveau lycée au beau milieu du premier semestre scolaire. Elle se tenait là, en face d'un groupe d'étrangers qui se connaissaient et qui la dévisageaient de haut en bas, essayant de deviner qui était cette nouvelle. Elle éprouvait une certaine vulnérabilité, de la gêne aussi, et comme tous les nouveaux, elle aurait aimé avoir un ami à ses côtés. « C'est exactement ça que tu dois ressentir », se dit Nancy. Au moins ainsi, tout avait l'air normal.

Nancy était là toute seule, essayant de se rappeler les indications qu'on lui avait fournies pour se rendre dans le bureau du proviseur, lorsqu'une bribe de conversation attira son attention.

« Tu sais que je ne peux pas t'emmener, dit une voix de garçon sur un ton implorant. C'est vraiment impossible. Si je manque l'entraînement, je me fais renvoyer de l'équipe ! »

Puis la voix d'un autre garçon lui parvint, calme, lente et froidement sûre d'elle.

« Sèche... sinon... », ordonna-t-elle.

Nancy tendit l'oreille pour essayer de localiser la source de ce court échange désagréable. Mais il n'y avait pas moyen de mettre des visages sur ces voix dans cette foule d'élèves qui bavardaient autour d'elle.

« Il doit y avoir au moins un vrai saligaud dans chaque lycée », estima Nancy. Le son rauque de cette voix calme et glacée la poursuivit. Elle avait quelque chose d'intimidant et celui à qui elle appartenait cherchait à faire peur à quelqu'un.

Nancy emprunta un des couloirs de Bedford High peint d'un vert indéfinissable. « Les lycées avaient beau changer, pensa-t-elle, la peinture, elle, restait toujours la même. » Elle trouva le bureau du proviseur et dit à la secrétaire qu'elle avait rendez-vous avec M. Parton. Il la reçut sur-le-champ.

En pénétrant dans la pièce, il lui suffit d'un seul regard sur M. Parton pour qu'elle décide de régler cette affaire au plus vite. Non seulement, elle désirait passer ce week-end avec Mike, mais M. Parton semblait au bord de la dépression. Pour sa santé, il valait mieux qu'elle travaillât vite.

« Cette histoire me rend fou ! déclara M. Parton en se frappant les tempes avec les poings de façon théâtrale. Et la police, croyez-vous qu'elle m'apporte une aide quelconque ? Mais non. Ils renforcent la sécurité, comme ils disent. Ben voyons ! "Exigez du Conseil d'administration de l'Ecole qu'il vous accorde un salaire pour un vigile supplémentaire. Une voiture patrouille autour du lycée chaque nuit. Nous ne pouvons pas perdre notre temps avec une petite affaire de vol de dossiers. C'est votre problème", voilà ce qu'ils disent ! »

M. Parton s'interrompit pour reprendre son souffle puis secoua sa tête chauve. Il sourit à Nancy. Ses yeux bruns étaient inquiets.

« Grâce au ciel, je connais votre père. S'il ne m'avait pas suggéré de vous engager, je ne sais pas ce que j'aurais fait. »

Il se serait sans doute effondré, se dit Nancy, mais elle garda ses réflexions pour elle.

« Je suis heureuse que vous m'ayez appelée, monsieur Parton. Je suis prête à commencer mon enquête, mais tout d'abord, je veux être sûre des faits. Vous avez parlé de dossiers qu'on aurait dérobés. Quels dossiers ?

— En fait, nous ne savons pas très bien. » M. Parton secoua de nouveau la tête. « Mais mon fichier et celui du conseiller d'orientation des terminales, tous deux fermés à clé, ont été forcés à plusieurs reprises. Nous ignorons s'il y manque quelque chose parce que tout a été remis sens dessus dessous. Et puis, il y a les casiers des élèves, continua M. Parton, en passant une main sur sa tête dégarnie. Nous savons qu'au moins quatre d'entre eux ont été fracturés. Notre homme d'entretien a fait un rapport. » Il se pencha en avant, les mains jointes. « Mais aucun élève ne s'est plaint.

— Ça pourrait avoir un rapport avec la drogue, suggéra Nancy. Cela expliquerait pourquoi les élèves ont gardé le silence.

— C'est vrai. Je n'irai pas jusqu'à affirmer qu'il n'y a pas de drogue à Bedford High mais je suis certain qu'il n'y en a pas dans mon classeur. Et l'équipement vidéo alors ? »

« Très juste », pensa Nancy, se souvenant du film qu'elle avait reçu.

« Celui qui prend le matériel opère une véritable sélection, dit le proviseur. Nous perdons un objectif par-ci, une boîte de piles par-là, quelques bandes vierges. Il y en a même qui nous sont mystérieusement revenues quelques jours après leur disparition.

— Et vous êtes persuadé que c'est la même personne qui est responsable de tous ces coups ? demanda Nancy.

— Je ne sais plus, avoua M. Parton, d'une voix de plus en plus tourmentée. Mais je suis presque certain qu'un ou plusieurs élèves sont derrière tout cela.

— Et pourquoi pas un professeur ?

— Eh bien, la police, pour autant que je sois déçu par elle, m'a pourtant fait une faveur. Elle a interrogé le personnel enseignant, elle les a tous questionnés et n'a rien découvert sauf que le professeur de biologie est un rigolo. Deux cents dollars de tickets de parking impayés. »

Nancy se mit à rire.

« C'est une bonne idée de me faire passer pour une élève. » Elle se leva et tendit le bras pour prendre son sac de toile. « J'aimerais commencer maintenant, mais je dois d'abord savoir si j'ai l'autorisation d'agir à ma façon. Il se pourrait que je doive enfreindre le règlement pour aller au fond des choses.

— Tout ce que vous voudrez. J'arrangerai cela avec la police, ajouta M. Parton avec emphase. Et ne partez pas encore. » Il pria Nancy de se rasseoir. « Il se peut que je n'aie pas une vision très claire des événements ces jours-ci, mais je suis sûr que vous aurez besoin d'un contact pendant que vous serez ici, quelqu'un à qui vous pourrez parler librement, quelqu'un qui pourra vous présenter aux élèves. Ce n'est pas le rôle du proviseur d'aider un élève à s'adapter. Même moi, je sais cela.

— Vous n'avez pas tort, dit Nancy en riant à nouveau. Alors, qui sera mon contact ?

— Un élève de terminale. Un bon élève, sur lequel on peut compter. De plus, tout le monde l'apprécie et il est délégué de classe. C'est pourquoi je l'ai choisi. Il peut vous mettre en rapport avec n'importe qui.

— Vous voulez dire qu'il a déjà entendu parler de moi ? demanda Nancy, en se remémorant une fois de plus la cassette vidéo.

— Non, je pensais que je vous présenterais et que je lui parlerais de notre plan par la même occasion. » M. Parton consulta sa montre. « Il ne devrait pas tarder. »

Juste à cet instant, on frappa à la porte. M. Parton ouvrit, Nancy leva la tête, et se trouva nez à nez avec le beau conducteur de la Porsche noire !

« Nancy Drive, dit le proviseur, je vous présente Daryl Gray. »

Nancy remarqua immédiatement que ses yeux n'étaient ni bruns, ni noirs. Ils étaient de la couleur foncée des airelles mûres et étaient bordés de cils qui devaient bien faire un centimètre et demi de long. Jamais encore elle n'avait vu de tels yeux. « Un contact ! » pensa-t-elle.

Daryl Gray écouta poliment, avec intérêt, tandis que M. Parton expliquait toute la situation. S'il était surpris du rôle qu'allait jouer Nancy, il n'en laissa rien paraître.

Au lieu de cela, les yeux tout à fait extraordinaires de Daryl revenaient sans cesse se poser sur elle, à chaque fois que M. Parton mentionnait son nom. Lorsque le proviseur demanda à Daryl de s'occuper d'elle, la bouche du jeune homme ébaucha un sourire taquin que Nancy ne put s'empêcher de lui retourner.

Le courant qui passa entre eux fit comme des étincelles. Nancy s'étonna que M. Parton ne le remarquât pas. Il est vrai qu'il semblait uniquement préoccupé par son problème. Il poursuivait son discours inlassablement. Nancy n'entendait plus sa voix, toute plongée dans la contemplation du beau visage devant elle.

Finalement, le proviseur qui n'avait cessé de parler, dit quelque chose qui ramena Nancy à la réalité.

« Nancy, l'école compte sur vous. J'ai fait mon possible. Maintenant, c'est à vous de jouer. Pour l'instant, Daryl est le seul, excepté moi-même, à savoir qui vous êtes et la raison de votre présence ici. Le reste est entre vos mains. »

Et se rappelant la voix hideuse sur la bande, Nancy finit par détourner ses yeux de Daryl. « Vous vous trompez, monsieur Parton, songea-t-elle. Quelqu'un d'autre connaît mon identité. Et c'est justement cette personne-là que je dois découvrir ! »

3

La sonnerie retentit juste au moment où Nancy et Daryl quittaient le bureau de M. Parton. Ensemble, ils emboîtèrent le pas à une foule d'élèves qui se hâtaient vers les salles de classe. Du coin de l'œil, Nancy remarqua que Daryl la regardait, un étrange petit sourire aux lèvres.

« Qu'y a-t-il de si drôle ? demanda-t-elle.

— Rien. »

Daryl rit doucement et secoua la tête.

« C'est juste que je n'ai encore jamais rencontré un détective avec une jolie tête rousse et qui conduit une Mustang. »

Nancy rit à son tour.

« Eh bien, moi je n'ai encore jamais rencontré un élève de terminale qui conduit une Porsche.

— C'est mon joujou favori. »

Ils tournèrent au bout du couloir et Daryl posa simplement sa main sur l'épaule de Nancy pour lui faire éviter un groupe d'élèves qui venaient vers eux.

« Il faudra que je t'emmène faire un tour pour te montrer ce que je peux faire. »

Nancy éprouva une sensation des plus agréables au contact de la main de Daryl et se demanda soudain ce qu'elle ressentirait s'il la prenait dans ses bras. Daryl Gray était un garçon terriblement attirant.

« Crois-tu qu'on pourrait s'en servir pour une évasion ? continua Nancy sur le même ton taquin.

— Bien sûr, lui répliqua Daryl sans enlever sa main, mais j'espère que tu n'as rien prévu de ce genre pour tout de suite. Nous venons juste de faire connaissance.

— Et en plus, j'ai une énigme à résoudre, ne l'oublie pas !

— C'est juste et j'espère que cela durera très longtemps. »

Ils riaient tous deux en se regardant dans les yeux quand, au détour du couloir, Nancy eut l'impression qu'ils se heurtaient à un mur de pierre.

« Pardon », fit le mur.

Nancy toucha son nez pour s'assurer qu'il n'était pas cassé, puis sourit au garçon qui était grand, beau et taillé comme un roc.

« Walt, voici Nancy Drive. Elle est nouvelle, dit Daryl avec gentillesse. Nancy, je te présente Walt Hogan. »

Nancy sourit à nouveau en pensant à ce que Susan avait dit à propos du capitaine de l'équipe de football de Bedford. Le qualificatif du "Beau Hogan" lui allait vraiment bien.

« Ouais, répondit Walt sans lui rendre son sourire, salut ! »

Walt s'éloigna et Nancy se tourna vers Daryl.

« Il avait l'air un peu fâché, remarqua-t-elle.

— Oui, en ce moment, il n'est pas M. Sourire, acquiesça Daryl, et tu devrais le voir sur le terrain. Il a l'air d'un ours qui vient de sortir de l'hibernation, méchant et affamé.

— Ne serait-il pas par hasard un fana de vidéo ?

— Je pensais que les détectives se devaient d'être plus rusés que ça.

— Pourquoi devrais-je me montrer rusée avec toi, fit Nancy pour le taquiner. Tu es mon contact, non ? »

La main de Daryl exerça une pression sur l'épaule de Nancy.

« Mais certainement », répondit-il doucement.

Les deux jeunes gens étaient arrivés devant la classe de Nancy, et ils attendaient la dernière sonnerie. Une dizaine d'élèves attendaient également et comme Nancy riait de la dernière réflexion de Daryl, elle remarqua qu'une fille les fixait.

Elle était blonde, d'une beauté un peu rude, anguleuse, mais n'avait pas l'air très aimable, pensa Nancy. Elle regardait Daryl attentivement. Puis, comme quelqu'un appelait « Carla ! » elle posa les yeux une fraction de seconde sur le visage de Nancy avant de les détourner. Dans ce court instant, Nancy perçut ce que ce regard avait d'étrange. Ce n'était pas de l'aversion, c'était plutôt un défi. Elle se demanda ce que cette Carla pouvait bien savoir d'elle.

La dernière sonnerie retentit et Daryl donna une nouvelle pression à l'épaule de Nancy.

« Je crois que c'est tout pour l'instant. »

Il se pencha si près d'elle que Nancy sentit son souffle sur son oreille.

« Te voilà toute seule, détective. »

En fait, Nancy ne comptait pas faire beaucoup de recherches le premier jour. Elle était nouvelle, devait trouver son chemin, s'habituer au rythme des lieux et lier connaissance avec les gens avant de pouvoir commencer à poser des questions.

Une partie de son rôle consistait à agir comme n'importe quelle nouvelle élève — perdue et un peu déphasée — ce qui, d'ailleurs, était un peu son cas. Daryl n'était dans aucun de ses cours et elle ne connaissait personne d'autre.

La plupart des élèves ignorèrent Nancy. La première fille vraiment sympathique qu'elle rencontra était une jolie blonde aux yeux couleur d'aigue-marine qui l'aborda à la sortie du cours d'anglais.

« Salut ! Je m'appelle Sara Ames, dit-elle. Tu es nouvelle, non ?

— Je m'appelle Nancy Drive et tu as raison, je suis tout ce qu'il y a de plus nouvelle.

— Ne t'en fais pas, tu t'y feras vite, reprit Sara, mais je voulais venir te voir avant les autres.

— Ah oui ? fit Nancy, se demandant si

d'aventure Sara détenait quelque information secrète.

— Je suis rédactrice en chef de *La Sentinelle de Bedford,* poursuivit Sara, et nous recherchons toujours très activement du monde pour collaborer au journal. Pendant le cours d'anglais, j'ai remarqué que tu savais au moins lire et écrire, plaisanta-t-elle, et je parie que tu vas avoir du succès, donc beaucoup de contacts. C'est amusant de s'occuper du journal. Qu'est-ce que tu en dis ? »

Nancy sourit intérieurement en pensant à son "contact". Elle fit également un sourire à Sara pour l'avoir accueillie.

« Je te remercie de ton offre, lui répondit-elle, mais laisse-moi d'abord m'y retrouver un peu plus, d'accord ? Je te répondrai après.

— Super ! L'équipe de rédaction a une réunion ce soir, en salle 215. J'espère que tu pourras venir. »

Sara s'éloigna rapidement dans le hall en lui faisant un geste amical.

L'heure suivante était un cours d'histoire américaine. Elle avait presque oublié combien un mauvais professeur pouvait être ennuyeux. La voix monotone, les regards qui vous intimidaient, lui rappelèrent pourquoi elle avait été heureuse de quitter le lycée. Elle était enchantée d'en avoir fini avec l'histoire. Les quarante-cinq minutes du cours s'éternisaient. Arrivée à la moitié, Nancy laissa son esprit vagabonder. Tout était bon pour échapper au ton monocorde du professeur !

Ecartant délibérément de son esprit le mystère de Bedford High, Nancy pensa à la proposition que Sara Ames lui avait faite de se joindre à l'équipe du journal. Elle était tentée de l'accepter. Cela lui donnerait une double couverture — celle d'une nouvelle élève et celle d'une élève reporter, menant une enquête sur le vandale de Bedford High.

Cela pourrait marcher, pensa-t-elle. Mais une fois l'affaire réglée, elle quitterait l'école et Sara se retrouverait avec un reporter en moins. Ce ne serait pas correct.

Lorsque le cours d'histoire américaine fut terminé, Nancy poussa comme tout le monde un soupir de soulagement.

« Vous lirez les deux chapitres suivants du livre pour la prochaine fois », cria le professeur pour couvrir le bruit de la sonnerie.

« Et voilà, grommela Nancy, et en plus du travail barbant à faire à la maison ! »

Cette enquête à Bedford High réservait de mauvaises surprises !

En allant déjeuner, Nancy rencontra Sara Ames à l'entrée de la cafétéria et décida de lui dire qu'elle ne ferait pas partie de l'équipe du journal. De la sorte, Sara ne serait pas vexée en ne la voyant pas à la réunion de l'équipe.

« Ah, fit Nancy. Dis, je te remercie de m'avoir proposé de me joindre à l'équipe, mais tu sais, je crois que je dois d'abord m'assurer de mon classement avant de faire quoi que ce soit d'autre !

— D'accord, répondit Sara. Je comprends, seulement fais-moi signe quand tu seras prête.

— Merci », répliqua Nancy.

Sara s'éloigna rapidement et Nancy entra à la cafétéria. Elle jeta un regard incertain autour d'elle. *Où s'asseoir ?*

A ce moment-là, elle entendit quelqu'un l'appeler par son nom. Elle se retourna, et vit Connie Watson qui faisait la queue.

Nancy connaissait son nom parce que le professeur l'avait interrogée en cours de français. Connie était devenue rouge comme une tomate en répondant et Nancy avait remarqué qu'après le cours, personne n'était sorti de la classe avec elle. Connie était un peu boulotte, mais ses yeux inquiets et un peu craintifs étaient sympathiques. Elle sourit timidement et lança :

« Dis, tu veux déjeuner avec moi ?

— J'aimerais bien, lui répondit Nancy sincèrement, mais je dois aller voir le conseiller à propos de mon emploi du temps — on m'a mis deux cours de gym, tu t'imagines ? Je vais juste prendre un yaourt et continuer ! »

En réalité, Nancy avait envie d'aller fouiner dans le laboratoire vidéo, à condition qu'il fût vide. S'il ne l'était pas, peut-être pourrait-elle tout de même poser quelques questions d'un air innocent.

Après avoir promis à Connie de déjeuner avec elle le lendemain, Nancy posa son yaourt, partit dans le hall qu'elle traversa puis tourna au coin et s'arrêta. « Quel détective tu fais ! se dit-elle. Tu n'as même pas songé à demander où se trouvait le labo vidéo ! »

Nancy était sur le point de retourner à la cafétéria pour le demander à Connie lorsqu'elle aperçut Carla qui venait vers elle. Nancy n'avait pas oublié le regard de défi que Carla lui avait lancé le matin même, mais elle afficha cependant un large sourire.

« Salut ! Je suis bien embêtée, je me suis perdue. Pourrais-tu m'indiquer le chemin du labo vidéo ?

— Oh, c'est si facile de se perdre ici, répondit Carla avec un gentil sourire. Tu n'as qu'à aller au fond de ce hall, tourner à gauche et continuer jusqu'au bout. Puis, tu passes la porte à droite, tu descends l'escalier. Impossible de te tromper.

— Bien, rétorqua Nancy tout aussi gentiment. Je te remercie. »

« J'étais peut-être un peu "parano" ce matin », songea-t-elle en continuant son chemin. Nancy prit à gauche et traversa le deuxième hall. Elle ouvrit la porte, commença à descendre l'escalier puis s'arrêta. L'escalier de toute évidence ne menait pas au laboratoire vidéo. Vu le décor, il la menait tout droit à la chaufferie.

« Finalement, pensa-t-elle, Carla est une garce de premier ordre. »

Peut-être aussi Carla avait-elle quelque chose à voir avec la cassette anonyme. Cela expliquerait pourquoi elle s'était écartée de son propre chemin pour éloigner Nancy du laboratoire vidéo.

Nancy remontait les escaliers lorsqu'elle perçut des sons venant d'en-bas. Elle s'arrêta pour écouter, puis entendit un cri étouffé.

« Tire-toi, Jake, fit une voix. Je t'ai donné ce que tu voulais, alors fous-moi la paix. » La voix paraissait de plus en plus en colère. « Tu n'es qu'un minus, Webb, tu nous pompes l'air. Pourquoi ne disparais-tu pas comme les fantômes ? »

Des pas martelèrent les marches. Avant que Nancy ait pu bouger, Walt Hogan, la star à l'humeur rébarbative de l'équipe de football, se trouvait à côté d'elle. Non seulement il avait une mine renfrognée, mais il était furieux, le visage crispé par la colère. Walt bouscula Nancy, puis sa fureur explosa et il se mit à cogner la porte de ses poings serrés avant de la pousser et de se précipiter au-dehors.

Alors que Nancy se demandait s'il fallait ou non courir après Walt, elle entendit un ricanement. En regardant en bas, elle vit un autre garçon qu'elle n'avait pas encore rencontré, qui la regardait fixement.

« Mais, ne serait-ce donc pas la nouvelle élève de Bedford High, Nancy Drive ? fit le garçon en ricanant. Je m'appelle Jake Webb. »

Jake souriait alors qu'il commençait à monter l'escalier vers Nancy, mais son regard était froid.

« Est-ce que tu vas toujours mettre ton nez dans les affaires des autres ? demanda-t-il. Ce n'est pas très beau, Nancy Drive. Il vaudrait mieux que je t'explique quelques règles, sinon tu n'iras pas bien loin à Bedford High. »

Nancy reconnut la voix. C'était celle qu'elle avait entendue dans le grand hall, le matin même, et qui avait froidement ordonné à un élève désespéré de « manquer l'entraînement, sinon... » Nancy songea que le visage de Jake, maigre et anguleux, au sourire pincé, aux yeux perçants, d'un bleu glacé, allait bien avec sa voix.

Elle eut une irrésistible envie de dire à ce sale individu de déguerpir, mais Jake ne réagissait pas comme un élève asocial ordinaire et elle était curieuse de savoir ce qu'il avait derrière la tête.

Jake monta les marches jusqu'à ce que ses yeux arrivent à la hauteur de ceux de Nancy. Gardant toujours le sourire, il fit lentement remonter son doigt le long du bras, puis du cou de Nancy, jusqu'à ses lèvres.

« Règle numéro un, fit doucement Jake, pas un mot sur ce que tu viens d'entendre, sinon tu n'apprendras jamais la règle numéro deux. »

4

Nancy eut envie de mordre le doigt de Jake pour voir ce qui arriverait, mais au lieu de cela, elle s'efforça de repousser sa main avec calme. Elle était si furieuse qu'elle ne pensait même pas à avoir peur. Pour qui ce type se prenait-il donc ?

« Qui établit ces règles ? demanda-t-elle. Toi, je suppose ?

— Bonne réponse, Nancy, rétorqua Jake en riant. Tu vas être première de la classe. »

Plus la scène se prolongeait, plus Nancy avait envie de pousser Jake Webb dans l'escalier. Elle avait déjà tranché, il était le candidat numéro un pour être le vandale de Bedford High, et effectuer un séjour à la prison municipale de Bedford, mais tout ce qu'elle souhaitait pour l'instant était de se débarrasser de lui.

« Ecoute, reprit-elle, je ne sais absolument pas ce que tu essaies de faire mais je dois te prévenir qu'on ne m'effraie pas facilement. » Elle posa la main sur la porte. « Pourquoi donc ne retournes-tu pas simplement dans ton trou ? »

Sans attendre la réaction de Jake, Nancy ouvrit la porte et faillit entrer dans Daryl Gray.

« Eh bien, eh bien, railla Jake. C'est notre "Grand Manitou". »

Ignorant totalement Jake, Daryl sourit à Nancy.

« Tiens, je pensais te voir à la cafétéria.

— Elle n'a pas pu y aller, fit Jake. Elle avait des choses plus importantes à faire que de manger.

— Ça va ? demanda Daryl à Nancy.

— Je commençais à trouver la compagnie pénible, mais ça va maintenant, répondit-elle. Comment savais-tu que j'étais ici ?

— Tu veux rire ? » Jake s'appuya contre le montant de la porte et sourit. « Le Grand Manitou a l'œil sur tout, les filles, les voitures, les astuces pour gagner de l'argent. Pas vrai, Grand Manitou ? »

Très vite, Daryl tourna les yeux vers Jake.

« Tu parles trop, Webb, fit-il brusquement. Je suis fatigué d'entendre le son de ta voix. Fais-nous une faveur et boucle-la.

— Tout ce que tu veux, Grand Manitou. »

Jake soutint le regard de Daryl une minute.

« Mais ça ne m'empêchera pas de garder les yeux ouverts, tu peux en être sûr. »

Puis il s'éloigna lentement dans le hall.

Nancy souffla.

« Qu'est-ce que c'est que toute cette histoire

à propos de ton argent et de garder les yeux ouverts ?

— Difficile à dire avec ce type, répliqua Daryl. Mais comment donc es-tu tombée sur lui ? »

Nancy le lui expliqua et remarqua une étrange expression sur son visage lorsqu'elle lui parla de Carla, mais elle décida de ne pas poser de question à ce sujet.

« De toute manière je suis heureuse que tu sois arrivé, reprit-elle. J'étais sur le point de me faire découvrir par ce salopard.

— Son nom lui convient parfaitement[1], ajouta Daryl avec une grimace. On dirait une araignée qui attend que passe une mouche. J'ai du mal à croire qu'il travaille effectivement dans le bureau du proviseur, peu de gens ici sont aussi mûrs que lui pour aller chez le psychiatre. Je te le prouverai si tu m'accompagnes à une soirée ce week-end.

— Voilà ce qu'on appelle une invitation qui pique la curiosité, fit Nancy avec un sourire timide. Je suis beaucoup trop curieuse pour refuser.

— C'est un rendez-vous alors. »

Daryl lui toucha le bras d'un geste familier avant de s'éloigner. De nouveau, Nancy frémit au contact de sa main. Alors qu'elle se dépêchait pour aller à son prochain cours, elle s'imaginait en train de danser avec Daryl, blot-

1. Web veut dire toile d'araignée *(Spider's web). N.D.T.*

tie dans ses bras. Cette vision ramena le sourire sur son visage. Tant qu'elle serait à Bedford High, pensa-t-elle, elle pourrait bien s'amuser un peu et Daryl Gray était le garçon idéal.

Lorsque le dernier cours de la journée fut terminé, la tête de Nancy était pleine de noms et de visages, un embrouillamini de sonneries et de martellements de pas. Comme elle s'y attendait, elle n'avait pas fait beaucoup de recherches. Pour l'instant deux personnes seulement — Carla et Jake — pouvaient éventuellement être liées aux actes de vandalisme et à la cassette vidéo qu'elle avait reçue.

Elle voulait en savoir davantage sur eux, mais tout d'abord, il lui fallait jeter un coup d'œil au laboratoire vidéo pour découvrir s'il y avait une relation quelconque entre le matériel manquant et la bande mystérieuse.

Elle demanda son chemin à un professeur pour ne pas risquer de se perdre une seconde fois puis, après avoir mis quelques livres en sécurité dans son casier, elle se dirigea vers la salle 235.

La porte était fermée à clé. « C'est le professeur qui doit avoir la clé. Eh bien, puisque M. Parton m'a autorisée à faire tout ce qu'il fallait... », pensa-t-elle. Elle chercha quelque chose dans son sac de toile, en tira un objet extrêmement utile — une carte de crédit — et jeta un regard prudent vers le hall.

Connie Watson arrivait droit sur elle.

« Ah ! Nancy ! Je te cherchais, s'exclama

Connie. L'équipe de football s'entraîne cet après-midi et j'ai pensé que tu aimerais peut-être m'y accompagner.»

Connie rougissait et mordait sa lèvre.

«Tu n'es pas obligée de venir, je veux dire. Si tu as trop de travail, cela ne fait rien, ajouta-t-elle rapidement, comme si elle avait l'habitude d'être rejetée.

— Non, ça me plairait d'y aller», fit Nancy en enfonçant sa carte de crédit dans sa poche. Peut-être aurait-elle une occasion de parler à Walt Hogan. Elle était très intriguée par la conversation qu'elle avait entendue dans l'escalier.

«Allons-y.»

Il faisait assez chaud pour un début octobre et quelques douzaines d'élèves étaient assis dans les gradins et regardaient les joueurs accompagnés de leurs supporters. Nancy et Connie arrivèrent juste à temps pour voir Walt Hogan se faire copieusement réprimander par l'entraîneur. Nancy n'entendait pas ce que ce dernier disait, mais elle se demanda s'il ne reprochait pas à Walt son retard. Dans ce cas, c'était peut-être la voix de Walt qu'elle avait entendue dans le grand hall le matin même, plaidant sa cause auprès de Jake. Nancy n'avait certes pas reconnu sa voix lorsqu'elle l'avait rencontré, mais si c'était tout de même la sienne, elle avait alors plus de raison que jamais de lui parler.

Les pom-pom girls étaient pleines d'énergie et très colorées dans leurs uniformes blancs et orange vif. Nancy admira leurs enchaînements et dut même admettre que Carla, qui semblait en être le capitaine, était excellente.

Connie soupira à ses côtés.

« Je donnerais n'importe quoi pour être une pom-pom girl, lui confia-t-elle. Evidemment, je suis trop grosse et ce n'est même pas la peine d'y songer. D'ailleurs, même si j'étais mince, je n'y arriverais jamais. Pas tant que Carla Dalton sera la responsable. Elle ne peut pas me voir. »

Nancy acquiesça de la tête avec sollicitude.

« Elle ne m'apprécie pas trop non plus, mais je ne sais vraiment pas pourquoi.

— Oh, c'est facile à comprendre, répondit Connie. Depuis que tu es arrivée à Bedford High, Daryl Gray n'a pas cessé de te regarder et Carla ne supporte pas la concurrence. »

Elle mit sa main sur la bouche et rit.

« Personnellement, je suis enchantée de voir que Carla n'a que ce qu'elle mérite.

— Tu veux dire que Carla et Daryl sortent ensemble ? » demanda Nancy. Cela expliquait l'étrange expression sur le visage de Daryl lorsque le nom de Carla avait été prononcé. Nancy ne pouvait imaginer que Daryl pût s'intéresser à quelqu'un comme Carla, mais en fait elle ne le connaissait pas vraiment bien.

« De temps en temps, lui expliqua Connie. C'est fini depuis quelques semaines, mais lorsque tu es arrivée, je suppose que Carla a trouvé que tu envahissais son territoire. »

« Ainsi donc, Carla est jalouse », pensa Nancy. Cela pouvait la rendre méchante mais n'en faisait pas pour autant une coupable.

« De fait, je suis étonnée qu'elle s'intéresse encore à Daryl, poursuivit Connie. Parce que la seule chose qui compte vraiment pour elle, c'est l'argent.

— Mais Daryl n'a rien d'un pauvre, fit remarquer Nancy. Il roule même en Porsche.

— C'est un peu compliqué, fit Connie, son père a pour ainsi dire perdu toute sa fortune il y a quelques mois, dans le fiasco d'une grosse affaire. Les Gray faisaient partie des familles les plus fortunées de Bedford, mais maintenant... »

Connie s'arrêta de parler et secoua la tête en signe de sympathie. Nancy aussi se sentait pleine de compassion, mais elle était également curieuse, non pas des difficultés financières des Gray — ce qui ne la concernait absolument pas — mais des bribes d'informations que Connie aurait pu détenir. Elle était un peu bavarde, pensa Nancy et les bavards pouvaient être d'un grand secours. Connie s'était remise à parler, montrant du doigt certains élèves sur le terrain, lorsque Nancy remarqua le bracelet qu'elle portait au bras droit.

« Il est superbe, dit-elle en le touchant. Qu'est-ce que c'est, de l'art déco ?

— Je... ne sais pas, répondit Connie avec nervosité tout en jouant avec le bracelet d'or aux ciselures compliquées. C'est un cadeau... je n'y connais rien en bijoux.

— Je l'adore. Il a l'air ancien », lui répondit Nancy. Un peu de flatterie n'a jamais nui lorsqu'on veut obtenir une information et, de plus, elle aimait bien Connie.

« Voyons, qu'est-ce que tu peux encore me raconter à propos de Bedford High ? lui dit-elle. Tiens, j'ai entendu qu'il se passait de drôles de choses — des trucs volés, également des casiers fracturés.

— Tu veux parler du "fantôme", lui répondit Connie, apparemment soulagée par ce changement de conversation. C'est comme cela que je l'appelle puisque personne ne semble savoir qui il est.

— Et as-tu une idée, toi ?

— Non. D'ailleurs la plupart des élèves s'en fichent. Je veux dire, c'est tellement puéril. »

Voilà pour les informations internes. Puis Nancy dut rester assise une heure entière sur les durs gradins pendant que Connie lui racontait en détail la vie sentimentale de chacun, ses examens, sa famille, ses amis. Nancy apprit beaucoup mais rien qui pût l'aider. Déjà une journée de passée, pensa-t-elle. Combien en faudrait-il encore ?

Nancy arriva à l'école le lendemain, décidée à commencer à reconstituer le puzzle, ou au moins, à en réunir quelques pièces.

A la place de l'étude, elle avait gymnastique en deuxième heure et il lui semblait bon de pouvoir se détendre et de se chauffer les muscles. Peut-être que l'exercice lui dégourdirait également l'esprit, ce qui l'aiderait à élucider l'affaire.

Mais deux minutes après le commencement

du cours, son esprit était déjà préoccupé par autre chose.

« Excuse-moi », fit une voix.

Nancy s'arrêta au beau milieu d'un exercice et sourit à Carla Dalton qui se tenait debout devant elle. Qui sait, se dit Nancy, peut-être qu'un sourire arrangerait les choses.

« Je serais vraiment enchantée si tu voulais bien garder tes problèmes pour toi-même, dit Carla.

— De quoi parles-tu ? »

Carla posa la main sur sa hanche.

« Je parle de la manière dont tu as cafté à Daryl hier, fit-elle méchamment. Il m'a fait une scène pour cela ce matin. Ce que je veux dire, c'est que tu pourrais régler tes affaires toute seule.

— Mettons les choses au point, répondit Nancy avec calme. Je n'ai pas cafté. Daryl m'a demandé comment je m'étais perdue et je le lui ai expliqué. Je ne veux pas me fâcher avec toi, Carla, poursuivit-elle, mais puisque tu me l'as demandé, oui, je vais régler mes affaires toute seule et j'y réussis plutôt bien d'habitude. »

Nancy retourna à ses exercices en gardant le sourire, mais en elle-même, elle bouillait. « J'ai bien besoin d'une bagarre », songea-t-elle.

Quelques minutes plus tard, pourtant, elle se demanda sur quel terrain cette bagarre allait se livrer. C'était son tour d'aller sur le trampoline et comme elle s'apprêtait à sauter, elle remarqua que la fille qui venait la parer, avait échangé sa place avec Carla Dalton.

Cela lui fit perdre de sa concentration. Il ne l'aurait pas fallu mais ce fut ainsi et en rebondissant très haut, elle sentit qu'elle perdait le contrôle de son mouvement.

Elle n'avait plus le temps de rétablir son équilibre. Si elle avait eu quelqu'un de sérieux pour la parer, elle ne se serait pas inquiétée, mais elle avait eu le temps de voir que Carla lui tournait le dos, comme par hasard. Nancy ne pût s'arrêter, elle passa comme une flèche par-dessus le rebord du trampoline, la chute s'annonçait rude.

5

Jusqu'au dernier moment, Nancy tenta de dévier sa trajectoire. Elle se retourna en l'air en un effort désespéré et finalement heurta le sol avec le bas du dos — Dieu merci, pas avec la tête! Ce n'était pas le plus beau saut de sa carrière, mais assise par terre, haletante, elle estima qu'il valait mieux passer pour une cloche plutôt que pour un cadavre.

Nancy eut envie de régler son compte séance tenante à Carla, mais lorsqu'elle fut sur pied, elle constata que le professeur de gymnastique s'en était chargée pour elle.

« Dalton! s'écriait Mlle Gibbs livide. On n'est pas chez les pom-pom girls. Ici, c'est votre tête qu'il faut utiliser, si toutefois vous en avez une! Drive aurait pu se fracasser le crâne! »

« Ce qui n'aurait pas brisé le cœur de Carla », se dit Nancy, la mine défaite. Elle en aurait été enchantée.

La plupart des élèves s'étaient précipitées vers Nancy, lui demandant si elle allait bien, si elle voulait aller à l'infirmerie, si elle était bien certaine de ne s'être rien cassé.

« Merci, répondit Nancy reconnaissante. Je suis encore entière mais je crois que j'ai perdu quelque chose.

— Quoi ? interrogea quelqu'un.

— Un centimètre de tour de hanches, rétorqua Nancy en plaisantant. Il est resté encastré dans le sol de la salle ! »

Vingt minutes plus tard, Nancy s'installa pour suivre le cours de sciences sociales. Elle était encore un peu secouée et espérait qu'elle n'aurait que des notes à prendre et pourrait reprendre son souffle.

« Bien, fit le professeur joyeusement, rien sur les tables, à part un stylo et du papier. Vous avez une interrogation écrite ! »

Nancy se joignit aux lamentations des autres et mit aussi longtemps que possible pour sortir un cahier et un stylo.

« Ne t'en fais pas, lui glissa le garçon derrière elle. Les interros de M. Warner sont tellement épouvantables que personne ne réussit. Si tu te plantes, tu ne seras pas la seule.

— C'est vrai, reprit la fille à sa gauche. Le seul qui ait une chance, c'est Hal Morgan. »

Nancy jeta un coup d'œil sur sa droite et remarqua que Hal Morgan rongeait ses ongles avec nervosité.

« Il n'a pas l'air trop sûr de lui, murmura-t-elle.

— Oui, c'est bizarre, répondit la fille tout bas. Tu sais, c'est curieux. Hal a toujours été le plus fort de la classe. Toujours en train de travailler. Il n'a jamais eu le temps de s'occuper d'autre chose, mais tout à coup, en septembre dernier, tout le monde a été étonné de le voir se présenter contre Daryl Gray comme délégué de classe. Il n'a pas été élu, mais en tout cas, il a essayé. Tu ne peux pas savoir le temps qu'il a passé à faire sa campagne.

— C'est peut-être pour ça qu'il a l'air nerveux, répliqua Nancy. Peut-être que ses notes ont baissé pendant la campagne. »

La fille haussa les épaules.

« Peut-être, mais il parlait d'aller à Harvard, alors, il ne doit pas se débrouiller si mal. Ses résultats étaient bien au-dessus de la moyenne.

— Bon, ça y est, lança M. Warner, on peut commencer ? »

A la cinquième question, Nancy fut persuadée que le garçon derrière elle avait raison. De toute façon, elle ne réussirait pas cette interro. Du moins, elle n'avait pas à se préoccuper de sa moyenne comme les autres.

Elle regarda la pendule pour voir combien de temps encore il lui faudrait endurer cette torture et remarqua que Hal Morgan semblait lui aussi avoir quelque difficulté à se concentrer. Ses yeux étaient même fixés sur la copie de Nancy et dès qu'il s'aperçut qu'elle le regardait, il les détourna.

Le professeur passa à la question suivante et Nancy écrivit la réponse. Puis elle mit délibérément ses mains dans ses cheveux pour que sa copie soit bien visible.

Comme prévu, Hal fit comme s'il voulait s'étirer et bâiller, et tout en tournant la tête d'un côté et de l'autre, ses yeux, une fois encore, se fixèrent sur la copie de Nancy.

Il était évident, du moins pour Nancy, que Hal, le crack, copiait les réponses sur elle, mais pourquoi ? Pour quelle raison quelqu'un d'aussi fort essaierait-il de tricher à une petite interro ?

« Il sera bien avancé, se dit-elle, lorsque les copies furent relevées. Hal aura exactement la même note que la mienne, probablement dix sur vingt. »

Elle n'y pensa plus jusqu'à la fin du cours. En sortant de la classe, elle vit Jake Webb se cacher dans le hall, puis Hal aller vers lui d'un pas hésitant, comme s'il se rendait chez le dentiste.

Tout en se demandant ce que ces deux-là pouvaient bien avoir en commun, Nancy fit mine de se joindre à un groupe d'élèves qui se lamentaient sur l'interrogation écrite.

Il lui était difficile de tout saisir, mais elle en entendit assez pour aiguiser sa curiosité.

« Ecoute, disait Hal, je dois d'abord faire ma dissert avant de commencer la tienne !

— Du calme, répliqua Jake. Je te donne jusqu'à demain. Ça te va ?

— C'est trop court et tu le sais.

— Oh, c'est bien dommage, dit Jake ironiquement. Alors je pense que je n'ai pas besoin de te dire ce qui va se passer, pas vrai ? »

Hal laissa échapper un grand soupir et Nancy remarqua l'expression défaite de son visage.

« Oh, d'accord, c'est bon, tu l'auras demain », répondit-il.

« Ce type est vraiment nul, pensa Nancy en regardant Jake traverser le hall avec suffisance. Il se prend pour le roi et il a au moins deux esclaves — Walt et Hal — qui sont à ses ordres. Combien d'autres sont à sa botte, et pourquoi ? Pour quelle raison acceptent-ils d'obéir à Jake Webb ? »

Sans vraiment y penser, Nancy s'était mise à suivre Jake, mais lorsqu'elle le vit se rendre dans un autre hall et ouvrir son casier, elle estima qu'elle pourrait apprendre quelque chose à son sujet, si elle arrivait à voir ce qu'il y avait à l'intérieur. Elle ne savait pas ce qu'elle recherchait — de l'argent, peut-être — mais cela valait la peine d'essayer.

En passant près de lui, elle jeta un coup d'œil au casier numéro 515 et avant que Jake ait pu la voir, elle s'éloigna rapidement vers la fontaine qui se trouvait à l'autre bout du hall. Elle dut boire tant d'eau qu'elle aurait pu faire flotter un bateau dans son estomac, mais finalement, elle vit passer puis disparaître les tennis traînants de Jake.

C'était l'heure du déjeuner et le hall était vide. Nancy se dirigea rapidement vers le casier 515. Une carte de crédit ne lui serait d'aucune utilité cette fois-ci, il lui faudrait l'attirail du parfait cambrioleur de casiers. Fort heureusement, elle l'avait dans son sac de toile, avec sa trousse de maquillage et l'argent de son déjeuner. Elle trouva le crochet qui convenait et en une seconde fit sauter le verrou. Elle ouvrit la porte et s'apprêtait à prendre son temps pour en examiner le contenu lorsqu'elle entendit une voix.

« Je serai de retour dans une minute, fit la voix, j'ai oublié mon bouquin de psycho. »

C'était Jake Webb. Nancy jeta un bref coup d'œil au casier. Une seule chose retint son attention : une boîte à chaussures de laquelle sortait un joli bracelet en or tout à fait identique à celui de Connie.

Ce fut tout ce que Nancy eut le temps d'apercevoir. Elle ferma la porte et s'éloigna à l'instant même où elle entendit le pas de Jake au détour du couloir.

« Il n'a aucune raison de se douter de ce que tu étais en train de faire, se dit-elle. Avance comme si de rien n'était. »

Nancy poursuivit son chemin mais elle était convaincue que le regard de Jake Webb restait fixé sur elle.

Même lorsqu'elle se sentit enfin hors de vue, elle ne réussit pas à se détendre complètement. Que faisait donc le bracelet de Connie dans une boîte à chaussures au fond du casier de Jake Webb ? Cela ne pouvait être que le même bracelet — un bijou ancien, probablement une pièce unique. Peut-être Connie l'avait-elle perdu. Peut-être Jake l'avait-il trouvé et tout vil qu'il était, avait-il décidé de le mettre à l'abri.

Lorsque Nancy vit Connie en train de faire la queue pour le déjeuner, elle voulut vérifier cette hypothèse.

« Salut ! fit-elle. Je crois savoir où se trouve ton bracelet ! »

Connie bondit comme si quelque chose l'avait piquée.

« Mon... mon bracelet ? »

Nancy montra du doigt le poignet nu de Connie.

« Mais oui ! Tu l'as perdu, n'est-ce pas ? »

Connie fit oui de la tête, en ouvrant grand les yeux.

« Eh bien, poursuivit Nancy, je suis certaine de l'avoir vu — tiens-toi bien ! — dans le casier de Jake Webb ! »

Connie recula lentement, en secouant la tête, les yeux remplis de peur.

« Ce — ce n'est certainement pas le mien, bégaya-t-elle. J'ai perdu le mien à la maison. Je veux dire, je ne l'ai pas perdu. Simplement je ne l'ai pas mis aujourd'hui, c'est tout.

— Connie, qu'est-ce qui ne va pas ?

— Rien ! répondit la jeune fille effrayée. Tout va bien ! Je dois m'en aller. J'ai une réunion, j'avais oublié. Je dois partir », répéta-t-elle.

« Il se passe des choses vraiment étranges à Bedford High, pensa Nancy en regardant Connie s'éloigner précipitamment. Et pour l'instant, tout conduit à une seule personne — Jake Webb. » Elle ne savait pas si Jake était le vandale invisible ou bien s'il était l'expéditeur anonyme de la vidéo-cassette, mais elle était certaine qu'il préparait un coup. Il ne lui restait plus qu'à découvrir quoi.

En fin de journée, Nancy était sur le point d'exploser. Tout d'abord, Connie l'avait traitée comme si elle était atteinte d'une épouvantable maladie contagieuse. Ensuite, il lui avait été impossible de trouver Walt Hogan ou Hal Morgan de sorte qu'elle n'avait pas pu les interroger. De plus, le bas de son dos se ressentait encore de sa chute du trampoline. Décidément, rien n'allait. Ce qu'elle souhaitait par-dessus tout était de rentrer chez elle et de se plonger dans un bon bain chaud.

Mais au contraire, Nancy décida de faire une nouvelle incursion au laboratoire vidéo. Elle ne voulait pas quitter Bedford High les mains vides, pas deux jours de suite.

Le laboratoire n'était pas fermé à clé. Lorsque Nancy y pénétra, la seule personne qui s'y trouvait était Daryl Gray, qui examinait une étagère de bandes. Soudain, elle se sentit heureuse pour la première fois de la journée.

«Je suis si contente de te voir!» s'écria-t-elle.

Daryl se retourna, surpris. Puis son sourire de conducteur de Porsche apparut sur ses lèvres.

«Nancy Drive, non? La nouvelle (il jeta un regard circulaire à la salle vide) à l'œil de détective? Comment vont les recherches?

— Ne m'en parle pas, répondit Nancy avec un grognement. Que fais-tu ici? Je ne savais pas que tu faisais partie du vidéo-club!

— Je n'en fais pas partie, fit Daryl. Je menais juste ma propre petite enquête, en te cherchant.»

Il vint tout près de Nancy.

« On dirait que nous avons fini par nous trouver. »

La présence de Daryl lui fit oublier tous ses soucis.

« J'en suis ravie, répondit-elle, et j'en suis même si heureuse que je t'invite à boire un Coca, tout de suite.

— Tout à fait d'accord.

— Bien. C'est moi qui conduis, fit Nancy d'un air taquin et je te montrerai de quoi ma Mustang est capable. »

En traversant le parking, Nancy remarqua Jake Webb au milieu des voitures. « Il est sans doute en train de voler de l'essence », pensa-t-elle. Chaque fois qu'elle le voyait, elle se rappelait la manière avec laquelle il l'avait menacée la veille. Etait-ce sa première menace ? Ou bien avait-il déjà essayé de l'effrayer avec la bande vidéo ?

Puis Daryl posa sa main simplement sur l'épaule de Nancy qui, toute au plaisir de se trouver auprès de lui, en oublia Jake Webb.

« Alors, comment ça se passe ? reprit Daryl lorsqu'ils montèrent en voiture. As-tu trouvé des indices ? Est-ce que certains éléments se recoupent déjà ? »

Nancy mit la voiture en marche.

« Je n'ai jamais imaginé qu'un jour je dirais ce que je vais te dire, répondit-elle avec un sourire en coin, mais à cet instant précis, cette enquête est bien le dernier de mes soucis. »

Heureuse de partir, Nancy se dirigea vers la

sortie du parking et descendit la route de Bedford. Daryl ne posa plus de questions sur l'affaire et elle lui en sut gré. Elle aurait tout le temps voulu pour y songer plus tard ; pour le moment, tout ce qu'elle voulait, c'était conduire.

Comme ils s'éloignaient du lycée, la route de Bedford devint étroite et sinueuse. Nancy put apercevoir un plan d'eau au travers des arbres.

« C'est le lac de Bedford, fit Daryl en le montrant du doigt. Il y a quelques jolis coins retirés avec des bancs. Pourquoi ne descendrais-tu pas par là ? »

« D'accord pour descendre », se dit Nancy alors que la pente devenait soudain plus raide. Elle faisait environ du cinquante à l'heure lorsque, tout à coup, le compteur monta à quatre-vingts. Elle arriva sur un tournant sans visibilité, mit le pied sur le frein. La pédale s'enfonça jusqu'au plancher et son sang ne fit qu'un tour.

« Hé ! fit Daryl, je ne voudrais pas avoir l'air d'un moniteur d'auto-école, mais tu ne crois pas que tu pourrais ralentir un peu ? »

Nancy ne put rien dire. Les freins ne répondaient plus et sa voiture dévalait la pente sinueuse, à toute allure ; elle ne la contrôlait plus du tout !

6

Nancy rétrograda en seconde, puis en première. La Mustang ralentit, mais pas suffisamment.

« Voilà un tournant serré. » Daryl parlait avec calme mais Nancy perçut le frémissement de sa voix. Elle ne lui en voulut pas — elle était elle-même trop épouvantée pour parler.

Les mains collées au volant, Nancy guida la voiture dans le tournant, espérant ne pas rencontrer d'autre véhicule en sens inverse. La route restait dégagée mais la pente s'accentuait plus encore. En sortant du tournant, elle vit le panneau "stop" au pied de la colline. Il se trouvait encore à une cinquantaine de mètres, mais elle imagina ce qui risquait d'arriver si jamais elle grillait ce fichu stop.

Surprise par la fermeté de sa main, Nancy la tendit pour saisir le frein à main qu'elle tira lentement. Il ne fonctionna pas davantage.

Le panneau "stop" surgit comme la patte d'un monstre dans un film en relief. Pas le temps de réfléchir. Instinctivement, Nancy dirigea sa voiture vers le talus truffé de rochers, de l'autre côté de la route. Le choc leur fit rebondir la tête en arrière. La Mustang se dressa sur deux roues pendant un temps qui leur parut être une éternité. Elle finit par retomber sur ses quatre roues avec un rebondissement qui les secoua des pieds à la tête.

Nancy ferma les yeux et appuya son front sur le volant. Elle soufflait comme un coureur de marathon. Lorsqu'elle ouvrit à nouveau les yeux, elle vit Daryl détacher sa main du tableau de bord.

« Eh bien ! fit-il en reprenant sa respiration, voilà donc ce que ta Mustang sait faire. »

Nancy lui prit la main et la serra fort. Elle avait envie de pleurer, mais lorsqu'elle ouvrit la bouche, elle éclata de rire. C'était une réaction nerveuse tout à fait normale, se dit-elle et elle continua de rire.

Il y avait un sourire dans la voix de Daryl lorsqu'il lui dit : « Si tu voulais bien m'expliquer pourquoi tu ris ?

— C'est vrai. » Nancy essayait de s'arrêter de rire mais n'y parvenait pas. « J'étais en train de me rappeler que ma voiture devait justement passer à la révision dans deux semaines. Maintenant, la boîte de vitesse est probablement morte, le pare-choc avant complètement enfoncé. Quant aux freins... » Cette dernière réflexion fit sortir Nancy de son rêve...

Sa voiture ! Que s'était-il passé ? C'est vrai qu'elle devait être révisée, mais il s'agissait juste d'une révision de routine. D'autre part, les plaquettes des freins avaient été changées six semaines auparavant. Il se passait vraiment quelque chose de bizarre. Nancy poussa la portière et sortit.

« Hé! où vas-tu?» fit Daryl en baissant la vitre. Il passa la tête dehors et vit Nancy à genou près de la roue avant gauche, en train de regarder sous la voiture.

« Qu'est-ce qu'il y a?» demanda-t-il.

Nancy se releva avec une colère telle qu'elle n'y voyait presque plus.

« Le câble des freins, fit-elle d'un ton sinistre. On l'a sectionné.

— Quoi? En es-tu sûre? Je ne comprends pas. Qui pourrait... ?

— Attends!» fit Nancy en levant la main pour lui faire signe de se taire. Puis elle renifla. Elle se précipita vers l'arrière de la voiture en fronçant les yeux et renifla encore.

« Qu'est-ce qui ne va pas maintenant?»

Nancy eut du mal à croire à ce qu'elle allait dire.

« Ce rocher sur lequel nous sommes passés? Je crois qu'il a abîmé le réservoir d'essence. Daryl, la voiture va exploser! Elle va exploser d'une seconde à l'autre!» Elle s'élança dans la colline.

« Sors de la voiture, vite!»

Mais personne ne la suivait.

« Nancy! entendit-elle crier Daryl. Nancy, je ne peux pas ouvrir la portière! Elle est bloquée!»

Nancy n'hésita pas une seconde. Elle retourna à la voiture en courant et tenta de l'ouvrir de l'extérieur, mais elle ne put manœuvrer la poignée car la porte était enfoncée.

Elle courut alors du côté du conducteur. L'odeur des gaz d'essence était plus forte que jamais.

« Défais ta ceinture », dit-elle à Daryl, tout en réussissant finalement à ouvrir sa portière. Elle l'aida à sortir.

« Maintenant, filons ! » Elle lui saisit la main.

« La voiture est déjà en train de brûler ! » fit-elle alors qu'ils descendaient la colline en courant.

La violence de l'explosion les jeta dans les buissons qui bordaient la route.

Ils se serraient l'un contre l'autre, incapables de parler et les yeux fixés sur la voiture qui brûlait.

« Nancy, ça va ? » finit par murmurer Daryl. Ses yeux étaient brillants d'inquiétude.

Nancy acquiesça de la tête. Sentant la respiration de Daryl contre sa joue, elle avait à peine remarqué que son propre genou était meurtri et que ses bras étaient égratignés. Se trouver dans les bras l'un de l'autre leur semblait la chose la plus naturelle du monde. Nancy ferma les yeux et respira profondément. Lorsque deux jours plus tôt, dans le hall, il avait pour la première fois posé sa main sur son épaule, elle s'était demandé comment elle se sentirait dans ses bras. Maintenant, elle le savait — c'était formidable.

Mais avec ce sentiment extraordinaire, elle en ressentit un autre — de culpabilité. Ce n'étaient pas les bras de Mike qui l'enlaçaient ; ce n'étaient pas les lèvres de Mike qui l'embrassaient, ni sa voix qui murmurait son nom. N'avait-elle pas affirmé encore trois jours auparavant, que personne ne pouvait rivaliser avec Mike Peterson ? Eh bien, peut-être qu'à la longue, personne ne pourrait rivaliser avec lui, mais dans l'immédiat, Daryl Gray ne se débrouillait pas si mal.

Nancy comprit à temps le danger de la situation, et avant que les lèvres de Daryl ne se posent à nouveau sur les siennes, elle se dégagea doucement de ses bras.

« Dis donc, fit-elle doucement.

— Dis donc, toi-même. » Les yeux bleus de Daryl souriaient. Regardant Nancy, il poussa un grand soupir.

« Alors, fit-il d'une voix rauque, et si tu répondais à la question que je n'ai même pas eu le temps de poser ? Qui serait capable d'une telle monstruosité ?

— J'ai ma petite idée. » La colère donnait de l'assurance à la voix de Nancy. « Est-ce que le nom de Jake Webb te dit quelque chose ?

— Jake ? Certainement, fit Daryl lentement, en s'asseyant. Je le vois très bien se livrant à quelque chose de ce genre. Mais tu n'as aucun moyen de le prouver, n'est-ce pas ? »

Nancy resta silencieuse. Elle se remémorait les menaces de Jake dans l'escalier, le revoyait dans le parking une demi-heure auparavant, entendait cette voix sur la bande : « Cours les magasins, Nancy Drive. C'est moins dangereux que de fouiner à Bedford High. »

Eh bien, elle n'avait pas encore beaucoup "fouiné" mais elle n'avait pas reculé non plus. Jake aurait-il, pour une raison ou une autre, décidé de l'arrêter avant qu'elle n'aille plus loin ?

« Tu as raison », fit-elle. Les deux jeunes gens se levèrent et se mirent à brosser les feuilles et la terre de leurs vêtements.

« Je ne peux pas le prouver mais je pense que c'est Jake.

— Que vas-tu faire alors ?

— Je lui en parlerai, fit Nancy. Première chose demain matin.

— Nancy, à ta place, je m'en garderais bien, répliqua Daryl très vite. Jake n'est pas le genre de type que tu peux accuser comme ça, crois-moi.

— Je te crois, lui répondit Nancy, mais je crois aussi qu'il me doit quelques explications. »

Daryl lui prit la main, l'air très inquiet.

« Tu ne devrais pas jouer avec ce type, Nancy !

— Je ne vais pas jouer avec lui, je vais simplement lui parler. »

Dans un sens, Nancy était presque contente que Jake lui ait fournit matière à diversion. Cela l'empêcha de penser à ce qu'elle éprouvait pour Daryl, véritable mystère qu'elle ne se sentait pas prête à élucider.

« Ne t'inquiète pas. Je me tiens sur mes

gardes», répondit-elle en faisant des signes à une voiture qui passait lentement. «Mais Jake Webb est en train de préparer un coup et je vais trouver de quoi il s'agit.»

«Je crois que Daryl a raison», fit Jennifer qui conduisait pour aller à Bedford High, le lendemain matin. Jusqu'à ce que Nancy ait une autre voiture, Jennifer et Susan devraient jouer au chauffeur.

«Je pense que tu dois laisser tomber ce Jake Webb et aller à la police. Montre-leur ta voiture puis laisse-les s'occuper de lui.

— C'est exactement ce que je pense.» Susan se pencha par-dessus le dossier et sourit à Nancy.

«Maintenant, parle-nous de Daryl.

— Vous le rencontrerez probablement un de ces jours», fit Nancy.

Elle regardait les magnifiques maisons de Bedford, en essayant de trouver le meilleur moyen pour approcher Jake. Daryl était pour l'instant le cadet de ses soucis, même si elle ne pouvait s'empêcher de penser au baiser qu'il lui avait donné après l'avoir raccompagnée la veille au soir.

Avant de l'embrasser, il avait encore une fois tenté de la dissuader d'affronter Jake. Nancy était émue de le voir se faire tant de soucis à son sujet, mais elle était sûre de pouvoir s'occuper de Jake Webb. Après tout, elle n'allait pas le rencontrer au fond d'une sombre allée; elle irait droit sur lui dans les couloirs de Bedford

High. Elle était impatiente de voir la tête qu'il ferait lorsqu'il verrait que son plan machiavélique n'avait pas fonctionné — qu'elle était bien vivante et prête à l'affronter, ce saligaud!

« Qu'est-ce qui se passe ? » fit Jennifer interrompant ainsi les pensées de Nancy et montrant du doigt l'escalier d'entrée du lycée.

Nancy regarda et put voir au moins la moitié des élèves rassemblés à l'extérieur. Ils discutaient par petits groupes, en gesticulant. Puis elle aperçut les voitures de police dont l'une avait encore ses gyrophares en marche.

« Au moins, tu seras sous la protection de la police, lorsque tu parleras à Jake, plaisanta Susan. Je me demande pourquoi ils sont ici ?

— Très bonne question », fit Nancy.

Daryl les aurait-il appelés ? Elle ne le pensait pas. Il avait bien essayé au moins dix fois de la dissuader d'avoir des contacts avec Jake, mais il ne lui avait pas une seule fois suggéré d'aller à la police, ce qui était un peu surprenant, en y songeant.

Elle n'y pensa pourtant pas longtemps. Dès qu'elle fut sortie de la voiture, elle se joignit au groupe d'élèves le plus proche.

« Qu'est-ce qu'il y a eu ? demanda-t-elle. Qu'est-ce qui se passe ? »

Une des filles se tourna vers elle, les yeux remplis de peur et d'inquiétude.

« C'est Jake Webb, fit-elle le souffle coupé. Il vient d'être tué ! »

7

Nancy se demanda un moment si elle avait bien entendu.

« Tu as dit tué — mort ?

— Oui, on ne peut plus mort !

— Mais... comment ?

— Personne n'en sait rien, poursuivit la fille, mais quelqu'un l'a trouvé il y a environ vingt minutes. Il se serait brisé la nuque. » Elle tremblait. « C'est terrible, non ? Il paraît que le garçon qui l'a trouvé est encore en train de vomir. Si ç'avait été moi, je suis sûre que je me serais évanouie. Tu t'imagines ? »

Nancy avait du mal à imaginer quoi que ce soit. Toute la nuit, elle s'était préparée à affronter Jake Webb pour l'accuser, entre autres, d'avoir essayé de la tuer. En dépit de ce qu'elle avait dit à Daryl, à Susan et à Jennifer, elle avait réellement eu peur. Eh bien, elle n'aurait plus besoin d'avoir peur, pas de Jake Webb du moins.

Sans arriver à y croire, Nancy fit part de la

nouvelle à Susan et à Jennifer puis monta l'escalier et entra dans l'école. En traversant le grand hall, elle entendit des bribes de conversations qui lui en dirent un peu plus long sur la mort de Jake Webb :

«Juste à côté du laboratoire vidéo, en bas de l'escalier, les marches sont dures, c'est du ciment.

— Aïe, pas étonnant que la chute lui ait brisé la nuque.

— Il paraît que cela fait deux heures qu'il est mort. Je me demande ce qu'il faisait ici à six heures du matin.

— Il posait sans doute une bombe.

— Bien dommage qu'il soit tombé avant.

— Tombé? Il n'est absolument pas tombé! Tu sais bien dans quel état était sa figure?»

La tête de Jake. Elle n'avait presque entendu parler que de ça tout au long du chemin, dans le hall. Son visage était meurtri et tailladé. Les contusions auraient pu provenir d'une chute d'un étage sur des marches en ciment, mais pas les entailles autour des yeux, ni la lèvre fendue.

Jake s'était probablement battu avant de heurter le sol dur devant le laboratoire et si tel est le cas, se dit Nancy, alors il n'est pas tombé mais il a été poussé. S'il a été poussé, son enquête venait alors de faire un bon prodigieux en avant — elle passait d'une affaire de vandalisme à une affaire de meurtre.

Personne n'avait l'air attristé par la mort de Jake et en pensant au beau Hogan, à Hal, à Connie et à Dieu sait combien d'autres, Nancy compris que nombreux étaient les gens de Bedford High qui auraient aimé voir Jake disparaître. Mais qui le souhaitait au point de le tuer?

Lorsque Nancy arriva sur les lieux de "l'accident" de Jake, la police et le juge d'instruction s'y trouvaient encore. Le corps avait été enlevé mais le contour à la craie était toujours là.

Elle savait que si elle parlait maintenant aux policiers, ils l'écouteraient et lui demanderaient certainement de se joindre à eux pour l'enquête, mais agir ainsi eût été se mettre à découvert et dire adieu aux secrets de Bedford High.

Puisque la police s'affairait auprès de la cage d'escalier, Nancy estima que c'était le meilleur moment pour examiner le casier de Jake Webb. Elle voulait voir le contenu de la boîte à chaussures avant qui que ce soit. Qu'est-ce que Jake aurait pu y cacher en dehors du bracelet de Connie?

Elle était si occupée à se demander si le casier de Jake révélerait quelque indice qu'elle ne vit même pas Daryl arriver et se heurta à lui.

«Bonjour, Daryl!»

Malgré ses nombreuses préoccupations, Nancy eut plaisir à le voir.

«Je pense que tu connais la nouvelle?

— A peine.»

Daryl lui prit la main d'un air distrait.

«Je viens de voir M. Parton, fit-il à voix basse pour que seule Nancy pût l'entendre. Il m'a dit de te dire qu'il s'agit sans aucun doute d'un meurtre.»

Nancy ouvrit les yeux tout grands.

« M. Parton a-t-il dit quelque chose à mon sujet, sur ce que je dois faire ?

— Simplement qu'il veut que tu restes pour t'occuper de l'affaire, murmura Daryl, et que tu le fasses à ta manière.

— Formidable, j'espérais qu'il dirait cela ! »

Nancy eut un soupir de soulagement et serra la main de Daryl.

« Maintenant, j'ai une vraie piste. »

Elle allait s'éloigner mais Daryl la retint.

« Attends une minute, dit-il. Si Jake était le vandale, ton enquête est terminée. C'est maintenant une affaire de meurtre, Nancy, je crois que tu devrais te retirer.

— Tu plaisantes ! » Nancy ne put s'empêcher de se sentir insultée. « Pourquoi devrais-je reculer ? Crois-tu que ce soit trop compliqué ou quoi ?

— Mais non, ce n'est pas ce que je voulais dire. »

Les yeux violets de Daryl étaient remplis d'inquiétude.

« Tout simplement, ça va sans doute devenir dangereux, Nancy. Tu n'as aucune idée de ce que tu vas trouver.

— Non aucune, mais je vais trouver. » Nancy lui sourit. « Je te remercie de t'inquiéter pour moi, mais je t'en prie, il ne le faut pas, fit-elle. Je suis vraiment capable de me prendre en charge. »

Du coin de l'œil, elle vit Carla venir vers eux et ne put s'empêcher de déposer un baiser sur la joue de Daryl. De toute manière, elle en avait envie, mais que Carla en soit témoin, lui donnait une joie encore plus grande.

« Je dois partir, dit-elle à Daryl avec un sourire dans les yeux. On se verra plus tard, je te dirai ce que j'ai découvert. »

Les halls étaient encore remplis d'élèves qui discutaient de l'événement de la matinée, mais heureusement, la dernière sonnerie retentit au moment où Nancy atteignit le casier de Jake. Elle s'étonna que chacun continue à marcher au son de la cloche, tout particulièrement ce jour-là, mais il était bon que les vieilles habitudes tiennent le coup. Le hall se vida en quelques minutes. Nancy enfila une paire de gants en caoutchouc — ce n'était pas la peine de laisser des empreintes de doigts pour la police — puis força très vite le casier 515.

La boîte à chaussures s'y trouvait toujours, mais quelque chose d'autre retint tout d'abord son attention. Avec un sourire entendu, elle tira une pince coupante de dessus l'étagère. En la retournant dans ses mains, Nancy pensa combien il avait dû être facile, avec cette pince, de sectionner le câble de ses freins.

Une petite boîte noire se trouvait sous la pince coupante. Nancy remarqua immédiatement qu'il s'agissait d'un chargeur de piles pour caméra vidéo. Elle était prête à parier son nouveau jean, que Jake l'avait volé dans le laboratoire vidéo et l'avait utilisé pour les filmer,

Susan, Jennifer et elle-même au cours de leurs achats.

Finalement, Nancy sortit la boîte à chaussures et en souleva le couvercle, le cœur battant d'impatience. Le bracelet de Connie s'y trouvait toujours, ainsi qu'un récent article du journal de l'école, qui montrait une photo de Walt Hogan en train de se faire brutaliser pendant un match. La une disait : « Le beau Hunk est touché — A terre mais toujours présent. » Le récit continuait en expliquant que si Walt ne participait pas au prochain match de la coupe fédérale, en raison de ses blessures, la bourse tant désirée et son passage chez les "pro" pourraient bien être compromis. Walt toutefois se moquait de sa blessure, prétendant que rien ne l'empêcherait de jouer le match fédéral.

Au fond de la boîte, pliée en deux, se trouvait une liasse de papiers qui avaient l'air d'être des documents officiels. En les feuilletant, Nancy les reconnut immédiatement, sans même en lire l'en-tête. C'étaient des tests d'aptitude. Une seule différence avec ceux sur lesquels elle avait elle-même travaillé : tous les tests qui se trouvaient dans le casier de Jake possédaient déjà les réponses.

Nancy étudia l'étonnant contenu de la boîte, essayant d'en comprendre la signification. Elle était persuadée maintenant que le vandale de Bedford High était bien Jake. Le chargeur de piles et les tests le prouvaient. Quant au bracelet, elle se demandait s'il en était également le voleur. Cela n'avait pas grande importance si c'était lui, excepté pour une chose — quelqu'un l'avait tué et Nancy était tout à fait décidée à savoir pour quelle raison.

La police se poserait les mêmes questions, elle le savait, c'est pourquoi elle replaça la boîte à chaussures, la pince coupante et le chargeur de piles, là où elle les avait trouvés. Elle ferma la porte du casier et était en train de se trouver une excuse à son retard au premier cours, lorsque derrière elle, une voix lança :

« Mais c'est bien Nancy Drive, la jeune détective. Tu t'arranges décidément toujours pour te trouver mêlée aux affaires les plus douteuses. »

8

Nancy se retourna et se trouva face à une grande jeune femme aux cheveux noirs, un sourire méprisant sur ses lèvres rouge vif.

« Formidable, pensa Nancy. Il ne manquait plus que cette vipère de Brenda Carlton ! »

En voyant Brenda devant elle, vêtue d'un imperméable du dernier chic, un calepin et un stylo à la main, Nancy eut envie de rire. Brenda se prenait pour le reporter spécialisé dans les affaires criminelles du *Today's Time*, le journal local qui appartenait à son père. Mais pour Nancy, Brenda savait surtout bien s'habiller et gâcher ses enquêtes. Elle l'avait fait trop souvent pour que Nancy pût lui faire confiance et voilà qu'elle réapparaissait, minaudière et secrète.

« Eh bien, Brenda ! fit Nancy. Que fais-tu ici ? Tu joues au reporter ?

— Tu vas être étonnée mais c'est moi qui t'aie vue en premier. » Brenda adressa à Nancy un sourire doucereux et ouvrit son calepin.

« Voyons, fit-elle en faisant semblant de griffonner avec son stylo. Lorsque notre reporter est arrivée à Bedford High, la première personne qu'elle y rencontra n'était autre que la prétendue détective Nancy Drive, qu'en penses-tu ? »

« Si elle parle plus fort, tout le lycée saura qui je suis », pensa Nancy.

« D'accord, Brenda, que crois-tu donc que je fais ici ? Que fait généralement la police sur les lieux du crime ?

— Lieux du crime ? Cela me paraît plutôt être un casier de vestiaire qu'une cage d'escalier. » Les yeux verts de Brenda examinèrent rapidement Nancy. Du doigt, elle montra son livre d'histoire et sourit.

« Ah, je vois ! Tu te fais passer pour une élève. C'est astucieux ! Je suis étonnée que tu y aies pensé. »

Quittant ce ton aimable, Brenda poursuivit :

« Alors, pourquoi ne me donnerais-tu pas quelques renseignements supplémentaires sur ce qui se passe ici ? Si tu t'y refuses, tous tes amis du lycée découvriront très vite ce que tu fais en réalité. J'ai l'impression que tu n'aimerais pas du tout cela.

— Est-ce une menace, Brenda ?

— Bien sûr, Nancy. Alors ? Vas-tu me raconter toute l'histoire ? »

Nancy soupira. Que faire ? L'affaire était compliquée et dangereuse, et elle ne pouvait en même temps mener l'enquête et combattre Brenda Carlton.

« D'accord, fit-elle en grinçant des dents. On va passer un contrat.

— Un contrat ? » Brenda fronça ses sourcils soyeux.

« Quel genre de contrat ?

— Le genre de contrat qui te donnera l'exclusivité de l'affaire, lui répondit Nancy. Réfléchis, Brenda, ce n'est pas la police qui te donnera des informations. Pour l'instant, j'en sais plus qu'elle sur ce qui se passe. Mais quand ce sera terminé, je serai en mesure de te donner une histoire sensationnelle, jusque dans les moindres détails. »

Nancy vit l'expression maussade de Brenda se transformer en un sourire. Elle entrevoyait sans doute déjà son intérêt, pensa la jeune détective.

« Mais je te préviens qu'il y a une condition, ajouta-t-elle. Tu auras l'histoire seulement lorsque j'aurai terminé l'enquête et pas avant. Si tu veux savoir tout ce que je sais moi-même, ne viens pas me déranger et ne dis pas qui je suis. Tu crois que ça t'ira ? »

Brenda hésita quelques secondes entre tenter tout de suite sa chance auprès de la police ou passer un contrat avec Nancy pour plus tard. Finalement, elle prit une décision.

« Bon, d'accord, fit-elle avec une moue. Je ferai comme tu veux, mais je te préviens, tu auras intérêt à tenir tes engagements sinon tu ne joueras plus que les rôles de "détective au chômage". »

Nancy se mordit la lèvre pour retenir des réflexions peu amènes, qui auraient pu faire échouer cet arrangement. En regardant s'éloigner Brenda, elle se promit qu'un de ces jours elle lui ferait définitivement fermer son calepin.

Avec la police dans toute l'école, les recherches de Nancy ne progressèrent guère. Tous les élèves parlaient évidemment de Jake, mais Nancy n'en tira que peu d'information. Tous avaient une idée mais ce n'était que bavardage et spéculation. Nancy voulait parler aux trois personnes dont elle savait qu'elles avaient été en relation avec Jake — Walt Hogan, Hal Morgan et Connie Watson. Elle ne trouva pas Walt ; Hal ne l'entendit pas lorsqu'elle l'appela à la fin du cours d'histoire américaine, ou peut-être ne voulait-il pas l'entendre. Il semblait extrêmement tendu. Connie fit de même, fuyant une fois de plus Nancy comme si celle-ci avait soudain la peste.

« Si l'un d'entre eux a une quelconque idée, il ne veut pas qu'on le sache », songea Nancy. Elle non plus n'avait aucune idée sur la question mais peut-être trouverait-elle quelque chose dans le laboratoire vidéo. Vraisemblablement, Jake avait dû "emprunter" l'équipement vidéo de l'école ; peut-être Nancy trouverait-elle à l'intérieur du laboratoire un indice qui la mettrait sur la voie.

La porte était de nouveau fermée à clé et Nancy utilisa sa carte de crédit. Comme elle touchait à la serrure, elle eut l'impression d'entendre un bruit venant de l'intérieur. Elle s'arrêta pour écouter. Il y avait bien un léger bruit, comme si on avait laissé tomber quelque chose.

Un policier pourrait-il se trouver à l'intérieur ? Il était déjà quatre heures; les halls étaient vides et Nancy avait vu partir les deux voitures de patrouille un quart d'heure plus tôt. Mais peut-être qu'un policier était resté surveiller l'école. Si tel était le cas, Nancy estima que cela ne l'avancerait en rien d'être remarquée.

Elle leva la main et frappa fort à la porte. Puis elle écouta à nouveau. Cette fois-ci, elle n'entendit rien. Après avoir frappé à plusieurs reprises, elle finit par penser que le bruit qu'elle avait entendu n'était pas venu de l'intérieur. Les halls vides amplifiaient tous les sons. Ce bruit avait pu provenir de l'étage supérieur. Elle toucha de nouveau à la serrure et poussa la porte.

La pièce était dans un désordre indescriptible : des câbles, des fils électriques jonchaient le sol comme des serpents emmêlés; au moins la moitié des bandes avaient été enlevées des étagères et jetées en tas sur le bureau et par terre. Nancy savait que les policiers avaient vraisemblablement effectué des recherches sur place après avoir trouvé le chargeur de piles dans le casier de Jake. En ce cas, ils étaient vraiment négligeants, ou bien quelqu'un d'autre était passé par ici. Etait-ce le meurtrier de Jake, comment le savoir ?

Tout à coup, Nancy se sentit mal à l'aise dans le grand silence qui l'entourait. Elle toussa bruyamment et se dit que si le meurtrier était passé par là, lui (ou elle) était certainement parti depuis longtemps. Et à voir l'état des lieux, il n'avait pas trouvé ce qu'il cherchait. C'est alors que Nancy pensa qu'elle pourrait peut-être le gagner de vitesse.

Tranquillement, elle referma la porte derrière elle et enjamba plusieurs longueurs de câbles pour arriver au milieu de la pièce. Son regard tomba sur une trentaine de cassettes qui étaient restées bien alignées sur l'étagère.

Puis elle se dirigea vers elles et remarqua qu'il ne s'agissait que de bandes-vidéos de rock. En regardant les noms qui lui étaient familiers, elle se dit que cela ne valait peut-être pas la peine de s'y attarder. Puis une des étiquettes attira particulièrement son attention. Juste à côté de "Material Girl" (qui la fit immédiatement penser à Brenda Carlton), se trouvait une bande intitulée "Moi, l'espion".

« Moi l'espion ? » Elle ne connaissait aucun groupe de rock de ce nom. C'était peut-être un groupe de Bedford High. Nancy voulut y jeter un rapide coup d'œil. Elle espérait au moins que la musique serait bonne.

Au bout de quelques secondes, elle regretta vraiment qu'il n'y ait pas de musique. La bande restait complètement silencieuse. Les images en étaient si inattendues que s'il y avait eu de la musique, on aurait pu croire qu'il s'agissait d'une plaisanterie ou d'un montage fantaisiste. Mais là Nancy savait qu'elle visionnait la réalité.

La première personne qui apparut sur la bande était le beau Hogan. Il était assis sur un banc, sans doute dans les vestiaires. On ne voyait personne d'autre et à la manière dont Walt regardait attentivement autour de lui, Nancy pensa qu'il était effectivement seul dans la pièce.

Après avoir apparemment vérifié qu'il était seul, Walt plongea une main dans le sac en toile posé près de ses pieds et en sortit un bandage blanc. Il avait l'air de beaucoup souffrir, et il commença à enrouler la bande autour de sa cage thoracique sans cesser de grimacer de douleur. Nancy se rappela l'article qu'elle avait vu dans le casier de Jake et qui racontait la façon dont Walt avait mis tous ses espoirs pour obtenir une bourse, dans le prochain match du championnat fédéral! A voir son état, il pourrait s'estimer heureux s'il arrivait seulement à s'habiller pour ce match, mais il aurait bien peu de chance d'arriver à le jouer. Walt était blessé mais avait gardé le secret vis-à-vis de tous, sauf de Jake Webb.

Bien qu'il fît chaud et lourd dans le labo-vidéo, Nancy frissonna. Elle avait vu juste — cette affaire était beaucoup plus importante que l'on ne pouvait le penser. De plus, la cassette intitulée "Moi, l'espion" était une preuve d'une extrême importance. Elle était même bien trop précieuse pour être examinée à l'intérieur de Bedford High.

Nancy appuya vite sur le bouton "stop" et sortit la cassette. Elle allait arrêter le magnétoscope lorsqu'elle crut entendre du bruit. Elle ferma l'appareil et écouta. Pendant quelques secondes, elle ne discerna plus que les battements de son cœur. Puis il y eut une sorte de grincement, comme si quelqu'un venait de se relever après s'être appuyé contre une table ou une porte!

A l'autre bout de la pièce se trouvait une autre porte avec l'inscription “Fournitures” et comme Nancy écoutait toujours, elle perçut à nouveau un bruit étouffé. Il y avait quelqu'un dans la pièce des fournitures et ce n'était pas un policier. Un policier serait déjà sorti pour lui demander ce qu'elle faisait là, lui ordonner de remettre la bande qui représentait une preuve de la plus haute importance pour une enquête sur un meurtre. Qui d'autre, si ce n'était le meurtrier de Jake, s'intéresserait à une preuve d'une telle importance?

Un instant, Nancy resta figée. Si le meurtrier était dans cette pièce des fournitures, la vie de Nancy était en danger. C'était évident. Elle savait qu'il fallait sortir au plus vite. Sans bruit, elle glissa la cassette dans son sac. Elle voulait courir mais avait peur d'attirer l'attention de celui qui se trouvait derrière la porte. Lentement, calmement, à petits pas, elle traversa le laboratoire en direction de la porte du hall. D'une main moite, elle l'ouvrit, se glissa dehors puis traversa le hall, aussi vite qu'elle le put.

L'après-midi était déjà très avancé et le hall était sombre. Les escaliers menant au rez-de-chaussée étaient encore plus sombres mais Nancy ne ralentit pas sa course. Elle sauta les quatre dernières marches, prit un tournant en glissant et fonça vers la porte principale. Comme elle s'en approchait, elle eut l'impression d'entendre des pas dans l'escalier mais ne prit pas la peine de se retourner pour s'en assurer. Continuant sa course, elle se précipita sur la barre de sécurité, s'attendant à ce que la porte s'ouvrît.

La porte ne bougea pas! Nancy était certaine d'avoir entendu des pas derrière elle. Elle poussa de nouveau désespérément la porte. Rien.

« Bon, se dit-elle, je crois que c'est l'heure du face à face. » Tout en respirant à fond, Nancy se retourna, prête à affronter l'intrus.

9

Nancy ferma les yeux, s'attendit à recevoir un coup puis se força à les ouvrir à nouveau. Le hall sombre s'étendait devant elle. Elle fixa son regard sur le bas de l'escalier, retint sa respiration et attendit encore. Elle ne vit que des ombres et n'entendit que les battements de son cœur. Personne. Pour l'instant du moins.

Avec un soupir de soulagement, Nancy s'appuya à la porte et tomba à la renverse. La porte venait de s'ouvrir tout d'un coup, la jeune fille atterrit sur son postérieur, en haut des marches, à l'extérieur.

« Evidemment, se dit-elle en se relevant, c'est une porte à double battant et tu as simplement poussé le mauvais côté. »

Heureuse de se trouver dehors, Nancy respira profondément l'air frais de l'automne. Puis elle vit la voiture de Jennifer tourner lentement au coin du bâtiment.

« Hou Hou ! » Nancy agita la main et se précipita au bas de l'escalier. « Je suis là ! »

La voiture ralentit et Susan passa la tête par la portière.

« Nous étions sur le point d'abandonner et de rentrer, fit-elle. Voilà une éternité que Jennifer fait le tour du parking, mais je n'ai cessé de lui répéter que tu étais probablement rentrée avec Daryl.

— J'aurais vraiment préféré rentrer avec lui, fit Nancy en montant à l'arrière. Il est beaucoup plus drôle et aussi plus sûr.

— Pourquoi ? Que s'est-il passé ? » demanda Jennifer.

En quittant Bedford High, Nancy les mit au courant de tout ce qui s'était passé, depuis les détails sur le meurtre de Jake jusqu'à sa propre fuite épouvantée hors du laboratoire.

« Et attendez de voir la bande, fit-elle, en tapotant son sac de toile. Elle n'aura jamais d'Oscar mais c'est un des films les plus fascinants que j'aie jamais vus. »

Lorsqu'elles arrivèrent chez Nancy à River City, et qu'elles se furent installées pour la regarder, elles découvrirent rapidement que la bande était encore plus intéressante que Nancy ne l'avait annoncé. En effet, Walt Hogan n'était pas le seul à avoir été transformé en acteur.

Susan soupira en voyant le beau Hogan se bander les côtes.

« Comment peut-il supporter de jouer en ayant mal ?

— C'est son unique chance d'obtenir une bourse, répondit Jennifer. S'il ne l'obtient pas, il ne pourra jamais devenir professionnel.

— Oui, et il n'était pas question pour lui de laisser quoi que ce soit déranger ses projets, expliqua Nancy, ni la douleur, ni Jake.

— Pauvre garçon, soupira à nouveau Susan. Au moins Jake Webb ne le gênera plus. Pensez-vous que Walt soit content de la mort de Jake ?

— Ce ne serait pas humain, s'il ne s'en réjouissait pas, fit Nancy. Mais j'ai une question à vous poser. Pensez-vous que Walt Hogan ait quoi que ce soit à voir avec la mort de Jake ? »

Avant que l'une ou l'autre de ses amies ait eu la moindre chance de répondre à cette étonnante question, un autre visage apparut à l'écran — celui de Connie Watson, tout rond et plein de douceur.

« Qui est-ce ? demanda Susan.

— Une fille de Bedford High », lui expliqua Nancy qui s'avança au bord du canapé, se demandant ce que Connie avait bien pu faire pour obtenir un rôle dans le "film" de Jake Webb.

Elle le sut rapidement. La scène se passait lors d'une foire à la brocante dans le quartier élégant et pittoresque de Bedford. Tous les vendeurs avaient installé leurs marchandises sur les trottoirs, par ce qui semblait être une belle journée d'automne. Les gens se promenaient çà et là en mangeant des glaces, s'arrêtant pour regarder des peintures, des poteries artisanales, des meubles et — Nancy le remarqua, avec un certain malaise — des bijoux.

Dès qu'elle les vit, la jeune détective comprit immédiatement ce qui allait se passer. Ainsi qu'elle l'attendait, la caméra laissa la foule et se fixa sur Connie Watson qui tenait un grand sac à la main.

Le cœur de Nancy se serra en voyant la suite. Connie saisit un bracelet — celui que Nancy lui avait vu porter — et l'admira un instant. On eut alors l'impression qu'elle en demandait le prix au marchand, mais elle le replaça à regret sur l'étalage.

« Maintenant, regardez bien, fit Nancy à ses amies. Elle est sur le point de commettre la plus grosse bêtise de sa vie. »

Circulant autour de la table où étaient déposés les bijoux, Connie attendit que le marchand soit occupé par six clients à la fois. Puis un gros plan, une attention spéciale de Jake, le cameraman, la montra en train d'avancer un doigt sous le bracelet et de le glisser dans le sac préparé à cet effet. Zoom arrière de la main et Connie se fondit dans la foule.

Mais Jake n'en avait pas terminé avec Connie. Le plan suivant la montrait en train de gravir les marches du lycée, le soleil du matin faisant briller son nouveau bracelet en or.

« Jusqu'à présent, nous avons vu quelqu'un dissimulant une blessure et quelqu'un d'autre en train de voler, fit remarquer Jennifer. Je me demande ce qui va suivre ?

— Je ne suis pas sûre d'avoir envie de le savoir, lâcha Susan en frissonnant d'horreur. Toute cette affaire me donne la chair de poule.

— Oh, non ! » fit Nancy en montrant l'écran du doigt et en secouant la tête d'étonnement.

« C'est Hal Morgan. J'aurais dû m'en douter. » La scène suivante du monstrueux film de Jake montrait Hal, le futur étudiant de Harvard, qui rongeait nerveusement ses ongles devant la porte du bureau du proviseur de Bedford High. Tout comme Walt Hogan, Hal pensait probablement être seul, car il jeta un regard furtif autour de lui avant d'entrer dans le bureau.

La caméra ne le suivit pas à l'intérieur. Elle resta fixée sur la porte fermée. Cinq secondes passèrent puis la porte s'ouvrit. Hal en sortit, resta immobile, essayant apparemment de réfléchir à quelque chose.

« On entendrait une mouche voler, remarqua Jennifer. Il n'a rien dans les mains. Je me demande ce qu'il peut bien chercher.

— Les corrigés », fit Nancy.

Susan sembla étonnée.

« Hein ?

— Regarde bien, lui répondit Nancy. Tu vas comprendre. » Ayant trouvé la solution à son problème, Hal se dirigea vite vers une autre porte. Sans même prendre la peine de regarder derrière lui, il l'ouvrit et entra. La caméra resta fixée sur l'écriteau de la porte qui indiquait *Bureau du Conseiller*.

Lorsque Hal en sortit, cette fois-ci il n'avait pas les mains vides. Il ne semblait plus ni inquiet ni bouleversé. La caméra montra brièvement, à Nancy et à ses deux amies, le sourire triomphant de Hal mais s'attarda sur ce qu'il tenait en main : les corrigés des tests d'aptitude scolaire.

« Comment Jake a-t-il pu filmer ça sans que Hal le voie ? demanda Jennifer.

— Il connaissait vraiment bien le matériel vidéo, répondit Nancy. Il a probablement filmé cette scène à distance. Cela expliquerait pourquoi les portes des bureaux avaient été forcées auparavant. Il avait dû... installer la caméra. » Elle réfléchit une seconde. « Je ne serais même pas surprise si c'était lui qui avait donné l'idée à Hal d'aller voler ces corrigés, simplement pour lui permettre de filmer toute la scène. Après tout, Jake travaillait dans le bureau du proviseur. »

Des barres noires et des cristaux de neige étaient apparus en sautillant sur l'écran et Nancy éteignit le magnétoscope et la télévision.

« Je suis contente que ce soit fini, soupira-t-elle.

— Moi aussi, fit Susan en se levant et en s'étirant.

— Je ne sais pas pourquoi mais voir un film me donne toujours faim. Allons examiner le contenu du réfrigérateur. »

Elles y trouvèrent des restes de plats chinois tout préparés. Assises autour de la table en chêne de la cuisine, les trois amies, entre deux bouchées de lo mein et de beignets de crevettes au riz, discutaient de la bande de Jake.

« Il semble assez clair que Connie n'a pas acheté ce bracelet, fit remarquer Nancy. Elle l'a volé. Par ailleurs, Hal après avoir perdu tant de temps à essayer de devenir délégué de classe, savait que la seule façon pour lui d'entrer à Harvard était de tricher aux tests afin d'obtenir des notes exceptionnellement bonnes. »

Susan se versa encore du soda diététique.

« Et le pauvre Walt. Ça doit être épouvantable de se sentir si désemparé.

— Pour quelle raison crois-tu que Jake ait agi ainsi ? demanda Jennifer. Pour de l'argent ?

— Peut-être. »

Nancy croquait consciencieusement un cube de glace.

« Mais je pense qu'il s'agit plutôt d'une lutte d'influence. Jake trouvait le point faible de quelqu'un et l'exploitait. Il aimait connaître les secrets de chacun. Voilà probablement la raison pour laquelle il était au courant de ma venue et suffisamment tôt pour nous filmer ce jour-là. Il a dû avoir l'oreille collée à la porte de M. Parton lorsque ce dernier parlait avec mon père. Il connaissait également mon "secret". Il aimait être le chef.

— Oui, eh bien, quelqu'un l'a finalement renversé, fit Susan. Pas étonnant. Il devait avoir des choses sur la moitié des élèves de l'école.

— Mais il n'a que trois personnes sur sa vidéo, fit remarquer Jennifer. Nancy, crois-tu vraiment que l'un d'entre eux l'a tué ? »

Nancy haussa les épaules, ne sachant que répondre.

Plus tard, après le départ de Jennifer et de Susan, elle prit une bonne douche chaude tout en essayant de trouver une réponse à la question de Jennifer.

Walt Hogan était assez fort pour donner à

Jake le coup de pouce fatal, tout particulièrement s'il était en colère, songea-t-elle. D'autre part, Hal n'était pas exactement un poids plume. Poussé à bout, il aurait très bien pu décider de défier Jake.

Elle ne pouvait pas non plus écarter Connie. La gentille et bavarde Connie était une candidate au meurtre aussi valable que les deux garçons. N'importe qui aurait pu le précipiter dans l'escalier.

Nancy se retourna pour laisser le jet chaud couler sur son dos. Jake Webb n'était pas simplement un voleur et un vandale, se dit-elle, il était également le maître chanteur de Bedford High. Tirer sa puissance d'élèves qui avaient commis des erreurs devait lui procurer un plaisir malsain et sadique.

Quelqu'un, finalement, avait mis fin à ses agissements coupables. La question était de savoir qui ? Etait-ce un des élèves de Bedford High qu'on voyait sur la bande — Walt, Connie ou Hal ? L'un d'entre eux aurait-il eu suffisamment de détermination pour se dégager de l'emprise de Jake et l'assassiner afin de garder un secret ?

10

Nancy poussa sa veste de côté et avança la main au-dessus de la table de la cafétéria, pour saisir celle de Daryl.

« Veux-tu me faire plaisir ?

— Tu n'as qu'à demander, fit Daryl avec un sourire. De quoi s'agit-il ? Veux-tu que je te raccompagne chez toi après les cours ?

— Non, pas vraiment, répondit Nancy d'un air mystérieux. C'est mon jour de chance. Ce matin, mon père m'a fait une surprise : une nouvelle Mustang GT décapotable. »

Daryl ouvrit grand les yeux.

« Tu plaisantes ?

— Nous nous sommes arrangés. Je le rembourserai lorsque l'assurance m'aura indemnisée. » Nancy sourit d'un air penaud. « Avec en plus, un crédit de vingt ans, paraît-il.

— Pauvre chérie », fit Daryl d'un air taquin en se penchant suffisamment près d'elle pour que ses lèvres lui effleurent l'oreille.

« Quelle est donc cette faveur que tu me

demandes? Veux-tu que j'essaie ton nouveau jouet?»

Nancy ne plaisantait plus.

«Non, fit-elle, en se forçant à s'écarter du beau visage de Daryl. J'ai quelque chose à te dire mais tu dois me promettre de n'en souffler mot à personne.

— Je suis capable de garder un secret, mademoiselle la Détective. Je le jure.»

Ils étaient seuls à une table dans le coin le plus retiré de la cafétéria. N'importe quel élève qui regardait par hasard dans leur direction, devait penser qu'ils avaient une conversation d'amoureux. Mais le flirt était la chose du monde à laquelle Nancy pensait le moins en ce moment. En effet, elle parlait calmement à Daryl de la bande vidéo de Jake Webb, qui permettait à ce dernier de faire chanter les autres.

Lorsqu'elle eut fini, elle s'assit en arrière et dégusta son thé glacé, attendant la réaction de Daryl.

Mais Daryl était sans doute si abasourdi qu'il n'avait rien à dire. Il se contenta de la regarder avec ses yeux bleus, grands ouverts, le visage presque livide.

«C'est normal d'être bouleversé, fit Nancy. Je l'ai été aussi et pourtant c'est moi le détective.

— Oui, euh...»

Daryl secoua la tête et siffla doucement.

«Je suis vraiment interloqué. Je veux dire, c'est incroyable.

— Ça l'est en effet — pour qui n'a pas vu la bande comme je l'ai vue.

— Alors que vas-tu en faire ? demanda Daryl. La remettre à la police ? »

Nancy secoua la tête.

« Je pense que je devrai la lui remettre très bientôt, mais puisque M. Parton me laisse mener cette affaire à ma façon, je voudrais travailler toute seule encore quelque temps. Cette bande va donc rester en sécurité chez moi où je peux garder un œil dessus. »

Daryl fit un signe de la tête.

« Je suppose que tu penses que l'un de ces élèves a tué Jake, hein ?

— Je ne sais pas encore ce que je pense, admit Nancy. Je me refuse à croire cela.

— Mais il n'y a qu'eux sur la bande, n'est-ce pas ce que tu as dis ? demanda Daryl rapidement.

— Oui, mais d'une façon ou d'une autre, je... » Nancy soupira.

« Jake s'attaquait vraiment à tout le monde, non ? »

Daryl semblait comprendre et s'inquiéter, tout comme l'eût fait Mike, se dit Nancy. Puis il se pencha au-dessus de la table et lui jeta un regard des plus tendres.

« Ne prends pas ça mal, chère détective, mais fais bien attention à toi, d'accord ? »

Réconfortée par l'inquiétude que montrait Daryl et par son soutien, sans parler de son geste, Nancy passa le reste de l'après-midi —

entre deux cours — à la recherche des trois "stars" de la vidéo de Jake.

Elle trouva Hal dans la bibliothèque, alors qu'il commençait à préparer un travail à rendre dans deux jours (comme l'avait incidemment appris Nancy).

« Salut! murmura-t-elle en allant le rejoindre à sa table de travail. Je pensais que tu avais déjà terminé. Tout le monde dit que tu es un crack. »

Hal sourit avec nervosité et haussa les épaules.

« Même les cracks prennent parfois du retard.

— Eh bien, je pense que, malgré tout, tu n'as pas besoin de t'inquiéter, poursuivit Nancy. Je veux dire, si tu es assez fort pour entrer à Harvard et faire en plus le travail de Jake Webb, alors... »

Ces mots retinrent l'attention de Hal.

« Qu'est-ce que tu veux dire par là? l'interrompit-il en parlant bas. Je ne sais pas de quoi tu veux parler.

— Vraiment? fit Nancy d'un air innocent. Ça alors! Je croyais vous avoir entendus, toi et Jake, en parler dans le hall, après cette interro, tu te rappelles?

— Non. Pas du tout. Je veux dire, tu as dû mal entendre. » Hal se leva, ramassa ses affaires d'une main tremblante. « Bon, il faut que je m'en aille.

— Oh, dommage, répliqua Nancy. J'allais te demander un conseil. Tu vois, je vais bientôt passer mes tests et je pensais que tu aurais peut-être pu me donner quelques tuyaux sur la manière de m'y prendre. Tout le monde dit que tu as eu des résultats extraordinairement bons. Comment as-tu fait ? Ou bien, est-ce un secret ?»

Hal était si nerveux que Nancy eut l'impression qu'il allait s'effondrer là, dans la bibliothèque. Mais il réussit à tenir bon assez longtemps pour marmonner quelque chose à propos de la “chance”. Puis il se précipita hors de la salle, après avoir lancé à Nancy un regard terrifié.

Nancy ne savait pas ce qu'il fallait en penser. Hal avait-il peur parce qu'il avait volé les corrigés des tests ou bien avait-il fait quelque chose de bien plus terrible que voler ou tricher ? Elle décida d'essayer encore une fois avec lui, mais auparavant, elle voulait parler aux deux autres.

Elle trouva facilement Walt Hogan. Il tranchait sur les autres comme un séquoia au milieu d'une plantation de jeunes arbres et elle le repéra juste avant le cinquième cours de la journée. Il se dirigeait vers une des portes latérales.

« Très bien, se dit-elle, de toute manière tu cherchais une excuse pour couper au cours de maths. »

Nancy suivait Walt sur le campus, en direction de la piste où elle le regarda faire deux tours au pas de course avant de s'arrêter pour se jeter dans l'herbe. Il était haletant comme s'il venait de courir un mille en trois minutes et elle en déduisit qu'il devait encore avoir mal.

« Fatigué ? demanda Nancy gentiment en se laissant tomber dans l'herbe à côté de lui.

— Ouais, grommela Walt plusieurs fois avant d'ouvrir les yeux. On se connaît?

— Nous nous sommes déjà rencontrés, répondit Nancy. Lundi, tu te souviens? Nous sommes pour ainsi dire rentrés l'un dans l'autre et Daryl Gray a fait les présentations. Je suis Nancy Drive.

— Ouais, c'est vrai.» Walt n'en semblait pas convaincu du tout. «Comment ça va?

— Bien.» Nancy arracha de l'herbe et l'enroula autour de son doigt. «Je t'ai vu à l'entraînement l'autre jour, fit-elle. Tu es formidable. Moi, quand je suis tombée du trampoline, je pouvais à peine marcher, alors je sais ce que tu endures.

— Qu'est-ce que tu veux dire, avec ce que j'endure? demanda Walt.

— La douleur, répliqua Nancy. Jake Webb m'a tout raconté sur ça.

— Webb? l'interrompit Walt. Qu'est-ce que tu as à voir avec ce salopard?

— Rien, répliqua vite Nancy. Il m'a juste parlé de ta blessure et je voulais te dire que je sais ce que c'est.

— Ecoute!» Walt sauta sur ses pieds et se dressa devant elle. «Je ne sais pas ce que cette vermine t'a raconté, mais quoi qu'il ait pu dire, il a menti!»

Nancy se leva et lui fit face.

«Hé! ça va, s'écria-t-elle. Ne te fâche pas. Je pensais juste...

— Alors ne pense pas!» cria Walt. Il fit un pas vers Nancy qui crut une seconde qu'il allait la frapper. « Disparais ! Il n'y a pas de douleur parce que pas de blessure tu as compris ? »

Avec un regard terrible, Walt se retourna et partit lentement vers l'école. Nancy souffla. Elle avait bien pris des cours de judo, mais pas suffisamment pour être préparée à affronter un joueur de football furieux, qui faisait bien 100 kilos.

Walt était susceptible, pour dire les choses simplement, mais Nancy n'avait toujours rien de plus que des soupçons pour continuer. « Fini les allusions indirectes, se dit Nancy. Avec Connie, vas-y directement et dis ce que tu as à dire. Même si c'est terrible, tu dois la confronter à la vérité. Elle au moins ne te sautera pas dessus. Espérons-le. »

11

Nancy trouva Connie Watson après les cours, en salle de gym, en train de regarder l'entraînement de l'équipe de supporters. Elle monta dans les gradins pour aller la rejoindre.

«Je dois te parler, lui dit-elle avec calme. C'est à propos de Jake Webb, de ton bracelet et d'une bande vidéo que j'ai récupérée.»

Le visage de Connie devint tout rouge puis perdit toute couleur jusqu'à devenir livide.

«Je... je ne... bégaya-t-elle.

— Ecoute, poursuivit Nancy qui ignora le regard affolé de la jeune fille, la police a trouvé ton bracelet dans le casier de Jake. Je sais que c'est le tien car je l'ai vu sur la bande vidéo — celle que Jake a faite de toi, en train de le voler. Je ne l'ai pas encore montrée à la police, mais je le ferai à moins que tu me dises tout ce que tu sais à propos de l'assassinat de Jake.»

Des larmes coulèrent sur les joues de Connie, les faisant briller sous les projecteurs du gymnase.

« Tout a commencé à la rentrée. Tu sais, ce bracelet n'est pas la seule chose que j'ai volée, admit-elle. La première fois, j'ai pris un chandail et c'était si facile que j'ai voulu essayer avec une veste. » Connie avala sa salive avec difficulté. « Seulement, cette fois-là, on m'a surprise. Tout est noté dans mon dossier scolaire.

— Et comme Jake travaillait dans le bureau, il était au courant », observa Nancy.

Connie fit signe que oui en respirant de manière saccadée.

« Ça je ne le savais pas, bien sûr. Puis, lorsque j'ai pris le bracelet... c'était mal mais j'en avais tellement envie et je ne pouvais pas me le payer ! Je me suis promis que ce serait la dernière fois, mais alors... » Elle essuya son visage et renifla bruyamment. « Alors, Jake est arrivé en se pavanant, pour me dire qu'il avait un "film" qu'il voulait me montrer. J'ai été épouvantée en le voyant ! Je lui dis alors que j'irais rendre le bracelet, mais ce minable m'a forcée à le porter. Lorsque j'ai voulu m'en débarrasser, il m'en a empêchée et c'est lui qui l'a gardé. Il m'a dit qu'il savait tout sur les vols que j'avais commis dans les magasins et que s'il parlait à quelqu'un du bracelet, j'irais certainement en prison. Et il avait raison ! Après cela, il m'a obligée à faire tout ce qu'il voulait. » Connie tremblait. « Tout. J'espérais que lorsqu'il mourrait, mon secret disparaîtrait avec lui. »

Nancy se sentit mal à l'aise mais il fallait continuer sinon elle n'arriverait jamais au fond du mystère.

« Mais Jake n'est pas mort tout seul, fit-elle, quelqu'un l'a tué.

— Je le sais, je le sais, gémit Connie, puis elle lança à Nancy un regard perçant. Ce n'est pas moi ! Je ne regrette pas qu'il soit mort, mais je ne l'ai pas tué — et je ne veux pas croire que tu puisses penser que c'est moi ! »

En sanglotant, Connie descendit les marches des gradins et se précipita hors du gymnase. Nancy ne savait que faire. Elle aurait aimé pouvoir dire à Connie que tout allait s'arranger, mais Connie avait autant de raisons de supprimer Jake que tous ceux qu'il avait fait chanter. Jusqu'à ce que Nancy eût trouvé le coupable, elle ne pouvait se permettre de faire du sentiment, même pas pour la gentille Connie Watson.

Songeant à toutes ces questions toujours sans réponses, Nancy quitta la salle de gymnastique et se dirigea vers sa voiture. Daryl Gray était appuyé contre la portière du conducteur et en le voyant, le cœur de Nancy ne fit qu'un bond.

« A voir ta tête, on peut dire que tes "entrevues" ne se sont pas trop bien passées, fit-il lorsqu'elle arriva à sa hauteur.

— Tu as vu juste, admit Nancy. Je ne suis pas beaucoup plus avancée que je ne l'étais hier soir, mais je finirai bien par atteindre mon but. » Elle le regarda d'un air malicieux. « Que fais-tu ici de toute manière ? Je pensais que tu n'oserais plus approcher à plus de vingt mètres de ma voiture.

— Si vraiment on tient à être auprès de quelqu'un, il faut savoir prendre des risques. »

Daryl posa une main sur l'épaule de Nancy et approcha ses lèvres de son oreille.

« En outre, murmura-t-il, j'ai un motif des plus valables. Il lui ouvrit la portière. Ce que je veux, en dehors de passer un moment avec toi, c'est voir cette bande.

— Tu veux dire "les Secrets de Bedford High" ?

— Ouais. Ça semble passionnant. » Daryl ferma la portière derrière elle et se pencha, la tête dans l'ouverture de la fenêtre. « En réalité, j'espère me rendre utile. Je connais tous ces gens mieux que toi. Je pourrais peut-être déceler des indices.

— C'est une bonne idée, fit Nancy. Allons-y.

— Montre-moi le chemin, je te suis », fit Daryl qui partit vers sa Porsche.

Une demi-heure plus tard, tous deux étaient arrivés chez Nancy et installés l'un près de l'autre, sur le canapé du salon, en train de boire un Coca et de regarder le film de Jake Webb.

Dans la pièce plongée dans la pénombre, Daryl ne quittait pas des yeux l'écran mais parlait peu et Nancy se sentait extrêmement émue par sa présence. Alors que Connie Watson disparaissait progressivement dans la foule des acheteurs, Daryl approcha son bras de l'épaule de Nancy, et posa légèrement la main sur sa nuque.

Au moment où Connie montait les marches de l'école, ni Daryl ni Nancy ne regardaient plus l'écran. Ils n'avaient d'yeux que l'un pour l'autre.

« Cela m'ennuie de te dire ceci, fit Daryl doucement, mais je n'ai rien vu qui puisse t'aider.

— Tant pis, murmura Nancy. Cela me fait plaisir que tu sois venu. »

Comme si tous deux y avaient songé au même instant, leurs visages s'approchèrent jusqu'à ce que leurs lèvres se touchent. Nancy remonta ses mains le long des bras de Daryl, sentit ses épais cheveux blonds sous ses doigts, ses lèvres qui pressaient les siennes. Elle n'entendait que les battements de son cœur quand, soudain, la sonnette retentit.

A regret, mais presque soulagée, Nancy s'écarta des bras de Daryl et se leva.

« Ça tombe mal !

— Très mal », fit Daryl d'un ton maussade.

La sonnette retentit à nouveau et Nancy traversa le hall pour aller ouvrir.

« Salut, Nan ! et la souriante Susan resta bouche bée en dévisageant Nancy. Etais-tu en train de faire un petit somme ou quoi ?

— Non, pourquoi ?

— Tu as l'air un peu endormi, fit remarquer Jennifer.

— Non, j'étais juste en train de... » Nancy s'arrêta lorsqu'elle comprit que ses amies fixaient quelqu'un derrière elle. En se retournant, elle vit Daryl venir dans leur direction, lissant ses cheveux d'une main et réajustant sa chemise de l'autre.

Après de brèves présentations, Daryl se tourna vers Nancy.

«Je dois partir, fit-il avec un tendre sourire. A demain, d'accord?»

Susan eut à peine la patience d'attendre qu'il soit sorti.

«Oh! là! là! fit-elle. Pas étonnant que tu aies l'air d'être dans les vapes, Nancy. Qu'est-ce qu'il est bien!

— Pour une fois, je n'ai rien à dire, ajouta Jennifer.

— Si je ne venais pas tout juste de rencontrer quelqu'un, poursuivit Susan — je te signale en passant qu'il s'appelle Alan Wales, et attends un peu de le voir — je tomberais amoureuse de Daryl Gray, c'est sûr. Mais que faisiez-vous donc tous les deux?»

Nancy échappa aux explications, grâce à une autre sonnerie, celle du téléphone.

«Nancy! appela Martha depuis la cuisine. C'est pour toi. C'est Mike.

— Merci Martha, répondit Nancy. Je vais le prendre dans ma chambre.» Avec un sourire gêné, elle se tourna vers Susan et Jennifer. «Je vous retrouve au salon dans deux minutes. Eteignez le magnétoscope, s'il vous plaît. J'ai oublié de le faire.

— Je me demande bien pourquoi», fit Susan taquine.

Une fois seule dans sa chambre, Nancy essaya de se calmer avant de prendre le combiné. Mike remarquerait-il quelque chose dans sa voix, qui pourrait lui révéler ce qu'elle venait de faire?

Elle espérait que non. Après tout, Daryl n'était pas mal mais Mike Peterson était celui qu'elle aimait, non?

« Mike?

— Salut, Nancy! Comment vas-tu? Tu me manques. »

Elle pouvait discerner le sourire de sa voix. « Tu me manques aussi, lui répondit-elle. Comment est-ce que ça va à la fac?

— Je suis très pris. J'ai de bonnes nouvelles, mais tout d'abord, dis-moi comment marche l'enquête.

— Eh bien, disons que ça avance un peu. » Nancy ne tenait pas vraiment à s'engager sur ce sujet. Elle aurait peut-être à mentionner Daryl et elle n'y était pas préparée.

« Quelle est ta bonne nouvelle?

— Je viens ce week-end.

— A River City?

— Où veux-tu que ce soit? C'est bien là que tu habites, non? Mike rit. Que se passe-t-il, n'as-tu pas envie de me voir?

— Tu veux rire? Bien sûr que si! » Nancy pouvait dire cela en toute sincérité, mais elle se demandait malgré tout ce que serait ce week-end. Elle devait sortir avec Daryl pour aller danser. Qu'en penserait Mike? « Quand arrives-tu? lui demanda-t-elle.

— Demain, tôt dans l'après-midi. Je t'appellerai dès mon arrivée. Nancy? — et la voix de Mike se fit basse —. Je suis si impatient de te voir. Faisons quelque chose de spécial.

— C'est noté », lui répondit Nancy avec un

sourire, sans avoir la moindre idée de ce qu'ils pourraient faire, surtout si elle était prise avec Daryl.

Après avoir raccroché, elle se demanda s'il fallait tout raconter à Mike à propos de l'affaire, y compris ses deux "rencontres intimes" avec Daryl, ou bien s'il fallait garder ces détails secrets et uniquement parler de Daryl comme de l'un de ses contacts dans l'affaire.

Elle fixait le téléphone et mâchonnait un ongle lorsque Jennifer pointa la tête dans la porte.

« Nancy ? Peux-tu descendre au salon ? Il y a quelque chose que tu devrais voir. »

Heureuse de cette diversion, Nancy suivit Jennifer au salon.

« Susan allait éteindre le magnétoscope lorsqu'on a vu quelque chose, expliqua Jennifer. Je pense que Jake avait filmé une autre scène et l'avait mise en bout de bande.

— Qui est-ce ? demanda Nancy. Quel pauvre diable Jake tenait-il encore ?

— Oh, Nancy, ce n'est pas n'importe quel pauvre diable, fit Susan. Regarde. »

Jennifer appuya sur le bouton de mise en marche et un visage apparut sur l'écran. Nancy ne dit rien. Il lui était impossible de parler. Ce visage était celui de Daryl Gray !

12

En silence, Nancy, incrédule, regarda attentivement son “contact” passer devant une caméra invisible. Elle devait sans cesse se répéter qu’il ne s’agissait pas d’une mise en scène. C’était la réalité.

Scène 1 : Daryl montait dans sa Porsche et s’éloignait ; la caméra s’attardait sur un panneau indiquant la route 110 Est.

Scène 2 : la Porsche entrait sur le parking d’un restaurant assez moche qui s’appelait *La Cabane Rouge.* Daryl sortait de la voiture, traversait la route et attendait sur le trottoir. Jake, de toute évidence s’était tenu à l’écart, caché quelque part sur le parking du restaurant.

Scène 3 : un homme trapu, à l’épaisse chevelure et à la moustache très fournie, venait rejoindre Daryl sur le trottoir. Jake grossit son plan. La caméra fixa une plaque d’identité accrochée à la poche de l’homme. Nancy essaya en vain d’y lire le nom. Elle croyait distinguer un M ou un D, mais elle n’en était pas sûre.

Jake n'avait pas réussi à obtenir une image assez nette. Daryl et l'homme échangèrent quelques mots, puis l'homme tendit une petite enveloppe à Daryl que celui-ci enfonça dans la poche de son jean. L'homme s'éloigna, faisant voir sur une chaîne de séparation placée derrière lui, un panneau d'environ trente centimètres de côté. Les lettres en étaient illisibles.

Scène 4 : un autre plan de Daryl dans sa voiture, dépassant cette fois-ci le lycée sur la route de Bedford.

Scène 5 : la Porsche entrait dans une allée. De la route, on ne distinguait aucune maison mais seulement une grille en fer forgé très ouvragé de chaque côté de l'allée.

C'était tout. Cinq courtes scènes qui firent s'écrouler le monde de Nancy. Il n'y avait pas un quart d'heure, elle était dans les bras de Daryl, subjuguée par ses yeux tendres et par sa personnalité pleine de charme. Puis tout à coup, elle découvrait que lui aussi était victime des machinations de Jake Webb.

Elle commença à comprendre un certain nombre de choses — la manière dont Daryl avait essayé de la dissuader de traiter avec Jake, son empressement à savoir comment l'enquête progressait et à vouloir voir la vidéo. En tremblant, Nancy se demanda ce qui se serait passé s'il était resté assez longtemps pour se voir sur l'écran. Aurait-il tué Nancy pour avoir la bande, de la même manière qu'il avait — éventuellement — tué Jake?

Ecartant cette affreuse pensée, Nancy bondit

et arrêta la bande. Puis elle se mit à arpenter la pièce.

« Nancy, demanda Susan, est-ce que ça va ?

— Je suis complètement abasourdie. » Elle réussit à rire. « De toute évidence, Jake savait quelque chose de compromettant pour Daryl, mais quoi ? La bande ne montre vraiment rien d'extraordinaire.

— Tu as raison, acquiesça Susan. Il s'est juste rendu dans un endroit, a rencontré un homme puis est reparti ailleurs. Je sais ! fit-elle. Il participe à un jeu, genre la roue tourne, tu vois ? »

Cela paraissait censé, se dit Nancy. Après tout, son père étant pratiquement ruiné, Daryl aura voulu conserver son style de vie élégant. Jouer n'était pas si terrible, se dit-elle en gardant l'espoir.

« Ecoutez, cela ne nous mène nulle part de rester assises à discuter, fit remarquer Jennifer.

— Tu as raison. En route. Je vais suivre le même trajet que Daryl sur la vidéo. » Nancy saisit ses clés de voiture. « Nous connaissons les secrets des autres. Maintenant, allons découvrir celui de Daryl. »

La voiture neuve de Nancy fonçait sur la route 110.

« Gardez bien l'œil ouvert pour repérer le restaurant, rappela-t-elle à ses amies.

— Je ne le manquerai pas, fit Susan. Je suis affamée.

— Nous n'y allons pas pour dîner, lui rétorqua Jennifer.

— Je sais, mais ce ne serait pas mal de commander un repas à emporter. J'étais si occupée avec Alan que je n'ai même pas déjeuné. Oh, Nancy, poursuivit Susan, je suis impatiente de te faire rencontrer Alan. Non seulement il est beau, mais il a un talent fou.

— Ah bon?

— Il joue de la guitare, et très sérieusement. Je suis certaine qu'il sera célèbre un jour, fit Susan d'un ton convaincu. Oh, mais j'y pense à l'instant! Son groupe jouera à la soirée de Bedford High, demain soir!

— Hé! s'écria Jennifer. Regarde à droite! Voilà *La Cabane Rouge,* »

Tout comme Daryl l'avait fait, Nancy se gara sur le parking et les trois filles sortirent de la voiture. Tournant le dos au restaurant et regardant en direction de le route 110, elles virent la chaîne de séparation où plusieurs petits panneaux carrés étaient attachés à intervalles réguliers.

Au-delà de la chaîne se trouvait un vaste ensemble de bâtiments. Comme Nancy et ses amies traversaient la route pour se rendre sur le trottoir où Daryl avait rencontré l'homme, Nancy se demanda si les bâtiments étaient ceux d'une usine.

Susan la première atteignit la chaîne. *Propriété privée – Réservé au personnel autorisé*, put-elle lire sur l'un des panneaux. Puis elle se tut en attendant que Nancy et Jennifer la rejoignent et lisent à leur tour ce qui était inscrit en dessous, en plus petits caractères. *Gouvernement U.S.*

« Je ne savais pas qu'il y avait des bureaux du gouvernement par ici, fit Jennifer. Je me demande ce qu'on y fait. De la recherche ou un truc comme ça ?

— Essayons de le savoir, répliqua Nancy. Je suis certaine que n'importe quel employé de *La Cabane Rouge*, est au courant. » Elle parlait avec calme, mais au fond d'elle-même, elle était de plus en plus nerveuse. Qu'avait donc à voir Daryl avec le gouvernement américain ?

« C'est une installation de la Défense de l'Armée de l'air, ma petite », lui expliqua l'homme derrière le comptoir, en réponse à la question de Nancy. « C'est top secret jusqu'au cou là-dedans — études de bombes, tirages de plans pour de pimpantes petites installations de radar qui peuvent détecter un missile avant même qu'il n'ait quitté le sol, des choses comme ça. » Il essuya le comptoir avec son torchon tout en secouant la tête. « Pour dire vrai, j'ai parfois peur. Si jamais les Etats-Unis sont attaqués, on peut parier qu'il se trouvera un pays avec une bombe toute prête pour nous ici. Et vous voyez ce que ça veut dire pour *La Cabane Rouge.* »

Nancy et Jennifer chancelaient à l'idée que Daryl pût être impliqué dans une affaire d'espionnage. Susan essaya de leur remonter le moral lorsqu'elles retournèrent vers la voiture.

« Ecoutez, fit-elle confiante, ce n'est sans doute pas aussi grave que ça en a l'air. Nous ne savons pas ce que cet homme a donné à Daryl. Peut-être que Daryl a monté un service de messageries privées.

— Peut-être », répondit Nancy, mais ses pensées s'agitaient follement. Jake ne se serait pas occupé de Daryl si ce dernier était innocent. Mais de quoi était-il exactement coupable ? Jusqu'où irait cette affaire ? Cela avait commencé par du vandalisme pour finir par un meurtre. Et maintenant ? Serait-ce de l'espionnage ?

« Allons faire un tour à Bedford, dit-elle. Je veux savoir exactement où Daryl est allé déposer cette enveloppe. C'est ce qu'il a dû faire même si Jake ne l'a pas filmé. »

Il faisait nuit quand elles arrivèrent sur la route de Bedford et passèrent près du lycée. C'était le quartier ultra-chic de Bedford, le "quartier des villas". C'est ainsi que Nancy l'avait entendu appeler au lycée. De la route, de hauts arbustes et d'épais bosquets dissimulaient les propriétés et il était difficile de distinguer les barrières.

Enfin, Jennifer remarqua la grille en fer forgé qu'elles avaient vue sur la bande et Nancy entra dans ce qui semblait être une allée privée. Il n'y avait ni barrière ni panneau qui eût pu leur indiquer à qui appartenait cette propriété.

« Que décidons-nous maintenant ? demanda Susan. Faisons-nous semblant d'être perdues ?

— Bonne idée. » Nancy passa entre les grilles ouvertes.

Dès qu'elles furent dans la propriété, l'allée tourna brusquement et elles se trouvèrent devant une barrière fixée à deux piliers couverts de mousse. A la lumière des phares, les filles purent facilement lire le panneau qui y était accroché : *U.R.S.S. – Propriété privée.*

« U.R.S.S. ? fit Susan. Dans quel pays sommes-nous donc ?

— Je pense que c'est une sorte de résidence pour diplomates, leur expliqua Jennifer. Je me rappelle avoir lu que beaucoup de pays achètent des propriétés à l'étranger pour permettre à leurs fonctionnaires d'avoir un endroit où se détendre. Nous ne sommes pas si loin des Nations Unies, vous savez.

— Nous ne sommes pas si loin des installations de défense non plus », fit remarquer Nancy.

Avant qu'elles n'aient eu une chance de commenter cette remarque, la barrière s'ouvrit et des projecteurs inondèrent les lieux de lumière. Les jeunes filles entendirent le bruit d'un moteur et, au détour de l'allée, juste en face d'elles, apparurent deux phares qui approchaient rapidement en venant sur la voiture de Nancy!

13

Les projecteurs éclairèrent la Mustang, plongeant tout ce qui se trouvait autour dans la nuit noire à l'exclusion des deux phares de la voiture. Ils dansaient dans l'allée pleine de bosses, s'approchant de plus en plus.

« Qui ça peut bien être ? fit Susan aveuglée par la lumière. Ils arrivent drôlement vite ! »

Jennifer s'éclaircit la voix.

« Peut-être le comité d'accueil.

— Sortons d'ici ! » s'écria Nancy.

Comme les phares s'approchaient de la barrière, Nancy appuya sur le champignon, et dans un crissement de pneus fit faire un demi-tour à sa Mustang, puis elle quitta l'allée en trombe. En arrivant près de la route de Bedford, Susan laissa échapper un léger cri, désignant un bosquet au bout de l'allée.

Nancy resta bouche bée. Sautant par-dessus les buissons, dans l'allée, juste devant sa voiture, il y avait deux silhouettes. Deux hommes vêtus d'une sorte de survêtement noir surgirent dans le faisceau lumineux. L'un d'eux tenait un pistolet de gros calibre. L'autre faisait glisser un fusil de son épaule.

Instinctivement, Nancy avança le pied vers la pédale de frein. Puis elle s'arrêta.

« Qu'est-ce que je fais ? dit-elle. S'ils s'imaginent que je vais ralentir et bavarder avec eux pendant qu'ils pointent une arme sur moi, ils sont fous ! »

Nancy remit le pied sur l'accélérateur en écrasant le klaxon de sa main. Susan se cacha les yeux mais Jennifer et Nancy virent les deux hommes rester là, sans bouger, les jambes écartées, prêts à tirer, pendant environ deux secondes. Puis, comme la Mustang fonçait sur eux, ils sautèrent de côté. Dans un crissement de pneus, les gravillons volèrent de partout et la voiture tourna court sur la route de Bedford.

« On va s'en sortir ? demanda Susan.

— Pas si nous traînons, répondit Nancy. Regarde. »

Sortant à son tour de la propriété, une camionnette de couleur sombre, non immatriculée, arrivait à toute allure derrière elles.

« Ce n'est pas encore terminé, fit Nancy. Voyons jusqu'où ils iront. »

Il n'y avait personne sur la route de Bedford, à l'exception de la voiture de Nancy et de la camionnette. Sans ralentir, Nancy dépassa d'autres propriétés, le lycée, un joggeur solitaire habillé de blanc. La camionnette les talonnait sans perdre un millimètre.

Tout à coup, Nancy vit un feu devant elle. Il était au vert mais elle ralentit.

« Qu'est-ce que tu fais ? s'écria Susan. Ils vont nous rattraper !

— Peut-être, ou peut-être pas. »

Nancy ralentit autant qu'elle put, l'œil fixé sur le feu vert. Derrière elles, les phares de la camionnette étaient suffisamment forts pour éclairer l'intérieur de la Mustang comme en plein jour. Le feu passa à l'orange et Nancy ressentit une forte secousse lorsque la camionnette tamponna l'arrière de sa voiture.

La tête de Jennifer rebondit en arrière lorsque la camionnette heurta une seconde fois la Mustang.

« Hé, Nancy ! s'écria-t-elle, si j'ai bien compris ce que tu veux faire, fais-le tout de suite. Le feu est à l'orange depuis cinq secondes.

— D'accord, accrochez-vous ! » Nancy appuya sur l'accélérateur et traversa le carrefour juste au moment où le feu passait au rouge. Les freins de la camionnette crissèrent mais son conducteur prit alors le risque de griller le feu. Il passa le carrefour, collé à la Mustang.

Nancy secoua la tête, n'en croyant pas ses yeux.

« Où donc est la police quand on en a vraiment besoin ? » plaisanta-t-elle. En réalité, elle était heureuse qu'il n'y ait pas eu de voiture de police au carrefour. Une course-poursuite dans les rues de Bedford aurait pu attirer des ennuis au conducteur de la camionnette mais il aurait été libre aussitôt après avoir présenté ses papiers diplomatiques. A ce moment-là, il ne resterait plus à Nancy qu'à choisir, ou bien se découvrir ou bien être arrêtée. Ni l'une ni l'autre n'étaient des solutions satisfaisantes.

A regret, Nancy ralentit pour rouler à une vitesse raisonnable.

« Quelqu'un a-t-il une suggestion à faire? » demanda-t-elle.

Susan répondit immédiatement.

« Allons manger un morceau.

— Oh, Susan, fit Jennifer en protestant. Sois donc un peu sérieuse, veux-tu! On a un fou sur nos talons.

— Mais je suis très sérieuse, protesta Susan. Il y a une pizzeria juste devant nous à droite et elle semble être pleine à craquer. Crois-tu vraiment que ces sales types nous y suivraient?

— Je suis prête à tout », fit Nancy en tournant brusquement pour entrer sur le parking de la *Pizza Guido.* Elle gara la voiture dans le dernier emplacement libre, et elle jeta un coup d'œil dans son rétroviseur. La camionnette ralentit un instant, puis accéléra de nouveau au coin de la rue et disparut.

« Ça a marché, fit-elle avec un rire nerveux. Tu avais raison, Susan. Je suppose que cela aurait fait mauvais effet, s'ils nous avaient suivis chez Guido pour nous tirer dessus pendant que nous dégustions une pizza aux poivrons.

— En parlant de poivrons, fit Susan, je suis morte de faim.

— Moi aussi, fit Nancy. Allons nous restaurer. »

La pizzeria était pleine de monde, comme l'avait prédit Susan, mais les trois jeunes filles réussirent à trouver une table près de la porte de la cuisine. En se laissant tomber sur une chaise, Nancy jeta un coup d'œil autour d'elle et reconnut Carla Dalton et plusieurs élèves de Bedford High. Carla parlait avec une femme qui tournait le dos à Nancy. Elle était si occupée par ce qu'elle disait, qu'elle ne remarquait personne d'autre.

Lorsqu'on leur apporta leur pizza, Nancy découvrit que même la présence de Carla ne pouvait lui couper l'appétit. Toutes trois dévorèrent de grandes parts de pizza en parlant peu. Lorsqu'il n'en resta plus qu'une, Nancy se pencha en arrière et but son Coca.

« Eh bien! nous connaissons maintenant le secret de Daryl, dit-elle avec calme, et c'est bien pire que de voler dans les magasins. »

Susan acquiesça.

« C'est pourtant incroyable qu'un élève se trouve impliqué dans une affaire d'espionnage! Qui pourrait imaginer une chose pareille?

— Voilà probablement l'explication, fit Jennifer. Mais ce n'est pas Daryl le pire. L'homme des installations de Défense et les locataires de la villa soviétique, ce sont eux les plus dangereux.

— Daryl n'est pourtant pas au-dessus de tout soupçon, fit remarquer Nancy. Je suis certaine qu'il savait exactement ce qu'il faisait. »

Elle n'était plus vraiment étonnée, elle était juste fâchée et elle l'était encore plus contre elle-même que contre Daryl. Si seulement elle n'avait pas si facilement succombé au charme de Daryl!

Si elle avait gardé l'esprit au travail, sans s'occuper d'autre chose, elle se sentirait moins idiote.

« Une chose après l'autre, se dit-elle. D'abord, élucider l'affaire, ensuite tu pourras te donner des claques pour avoir été aussi stupide! »

Susan interrompit ses pensées.

« Quel genre d'information crois-tu que Daryl récupérait auprès du type des installations de Défense? Des dossiers confidentiels? Des plans secrets concernant des bombes?

— Certainement, répondit Nancy, et je parie que cela payait bien. » Suffisamment, songea-t-elle, pour permettre à Daryl de mettre de l'essence dans sa Porsche et d'avoir le sourire aux lèvres. « Je suis sûre, poursuivit-elle, que Daryl l'a fait pour de l'argent et pas pour des raisons politiques.

— Je suppose qu'il aurait eu honte d'emballer de l'épicerie après les cours, commenta Jennifer. Il devait se croire malin.

— Il y a des chances, jusqu'à ce que Jake découvre le pot-aux-roses, fit Nancy. Cela a dû le rendre fou, mais il avait l'air si détendu que l'on n'aurait jamais pu penser ça de lui. Quel comédien! »

Elle se demanda si Daryl lui avait également joué la comédie. S'intéresser à elle afin qu'elle ne le soupçonnât pas? Il lui fallut bien admettre que c'était exactement ainsi qu'il avait agi avec elle et qu'elle était tombée dans le panneau! Eh bien, c'était terminé, elle n'y tomberait plus.

« Ce qu'il reste encore à découvrir, expliqua-t-elle aux deux autres, c'est qui a tué Jake. Est-ce quelqu'un de la résidence soviétique ou bien l'homme des installations de Défense? Ou bien est-ce Daryl? Ou Hal ou Walt ou Connie?

— Crois-tu vraiment que Daryl ait pu faire une chose pareille? demanda Susan.

— Je n'en suis pas vraiment sûre, reconnut Nancy. Mais je dois trouver. La question est de savoir comment m'y prendre? Je ne peux pas simplement aller vers... » Elle s'interrompit brusquement.

« Qu'est-ce qu'il y a? demanda Jennifer.

— Regarde qui est là. »

Nancy désigna du doigt la table de Carla Dalton. Carla et la personne avec laquelle elle se trouvait — qui n'était autre que Brenda Carlton —, s'étaient levées et se frayaient un passage à travers la salle bondée. Elles venaient apparemment vers Nancy.

« Que fait le reporter de choc ici? demanda Jennifer.

— Il vaudrait mieux qu'elle ne me suive pas, fit Nancy d'un air contrarié. Nous nous sommes mises d'accord. Si elle met la pagaille dans cette affaire, je lui prendrai son carnet et le brûlerai.

— Avec qui est-elle? demanda Susan.

— Avec la fameuse Carla Dalton, dit Nancy en riant. C'est la fille qui adore laisser tomber les gens des trampolines. » Tout en continuant à rire, elle murmura : « Je me demande ce qu'elle dirait, si elle savait que son ancien petit ami est un espion ?

— Elle lui ferait sans doute une scène pour avoir été assez bête au point de se faire prendre », plaisanta Susan.

Comme Brenda et Carla approchaient de leur table, Brenda lança un regard de côté à Nancy et lui fit un méchant petit salut. Nancy eut envie de lui envoyer la dernière part de pizza à la figure et de regarder la sauce tomate dégouliner sur ses bottines en daim noir, mais elle se retint.

Carla discutait de la soirée de Bedford High lorsqu'elle passa avec Brenda, mais elle prit la peine de bousculer la table à laquelle se trouvaient les trois amies, suffisamment fort pour renverser le Coca de Nancy.

Susan prit une pile de serviettes dans le distributeur et les passa à Nancy.

« Carla n'abandonne pas, dis ? fit-elle bouillonnante de colère. Je ne comprends pas pourquoi tu ne lui as pas rendu. »

Mais Nancy avait autre chose en tête. Brenda, tout d'abord. Les aurait-elle suivies ? Si elle l'avait fait, Nancy devrait désormais redoubler de prudence. L'affaire était au point le plus critique. Elle ne pouvait se permettre de laisser Brenda saisir ne serait-ce que la plus petite bribe d'information sur ce qui se passait.

Puis, il y avait Daryl Gray. Comment allait-elle se comporter avec lui ?

« Mais bien sûr, fit-elle tout à coup. Carla vient de me fournir la réponse.

— La réponse à quoi ? demanda Jennifer.

— Comment faire passer Daryl aux aveux, lui répondit Nancy. Susan, tu as bien dit qu'Alan Wales allait jouer à la soirée de demain ? Alors tu y seras, non ?

— Evidemment, fit Susan rêveuse. Je suis sa plus grande fan.

— Bien, j'aurai peut-être besoin de ton aide. » Nancy se tourna vers Jennifer. « Et de la tienne également.

— Mais, je n'ai pas de danseur.

— J'en ai un pour toi.

— Je n'aime pas sortir avec des inconnus, protesta Jennifer.

— Fais-moi confiance, fit Nancy avec un sourire. Tu adoreras le garçon auquel je pense.

— Alors, comment vas-tu faire avec Daryl ? voulut savoir Susan.

— Je ferai très attention, répondit Nancy. Mais quoi qu'il en soit, demain soir, je lui poserai la question. Seulement ce ne sera pas celle qu'il attend. »

14

Susan lissa le bas de sa robe rouge et se hissa sur la pointe des pieds, pour essayer de se voir dans le miroir.

« Cela ne sert à rien, fit-elle en soupirant. Il faudra bien que j'attende qu'il y ait moins de monde.

— De toute manière, je ne suis pas pressée », fit Nancy avec nervosité. Elles se trouvaient toutes trois dans les toilettes pour dames, à côté du gymnase de Bedford High. C'était la première grande soirée du lycée. Pendant une heure et demie, Nancy avait joué la comédie — d'abord lorsque Daryl était venu la prendre chez elle, puis durant le trajet jusqu'à Bedford et pendant les trois derniers quarts d'heure, lorsqu'elle avait dansé avec lui. Elle avait ri, plaisanté, entretenu la conversation, comme si rien n'était changé entre eux. Elle méritait sûrement un Oscar d'interprétation, se dit-elle en faisant une grimace. Mais rester dans la peau du personnage commençait à devenir difficile. Elle avait été enchantée lorsque l'orchestre avait enfin fait une pose, qu'elle avait pu se réfugier dans les toilettes et être à nouveau elle-même.

« Bon, il n'y en a plus pour longtemps, dit-elle en regardant nerveusement sa montre. Si seulement mes mains n'étaient pas si moites.

— Ne t'inquiète pas, lui recommanda Jennifer. Daryl pensera simplement que tu es émue d'être avec lui.

— En parlant de ça, dit Susan en riant, que penses-tu d'Alan Wales, Nancy ? N'est-il pas sensationnel ?

— Formidable », admit Nancy. En réalité, elle n'avait pas fait particulièrement attention au nouveau coup de cœur de Susan mais elle ne voulait pas l'offenser dans ses sentiments.

« Lorsque l'enquête sera terminée, il faudra que nous fassions quelque chose tous ensemble.

— Oui, ce sera super ! fit Susan. Evidemment, Alan pense très sérieusement à faire carrière dans la musique, alors il est toujours très occupé. Mais on essaiera de trouver une heure libre quelque part. »

Nancy était enchantée que Susan ait un nouveau petit ami mais il lui était tout simplement impossible de s'intéresser au sujet, pour le moment en tout cas. D'ici peu, il lui faudrait affronter Daryl et cette perspective lui faisait battre le cœur si fort qu'elle entendait à peine la voix de Susan.

Une fille derrière Nancy finit pas s'écarter du miroir et Nancy prit la place. « Eh bien, tu n'as pas l'air terrifié », se dit-elle. De fait, elle était très agréable à regarder. Elle portait une robe qu'elle avait mise l'année précédente à une soirée dans une université, où elle était allée accompagnée de Mike, une robe bleu ciel drapée, ajustée à la taille, avec un décolleté en V légèrement plongeant.

Ce décolleté avait fait jaillir une lueur dans les yeux de Daryl, mais Nancy savait que cette étincelle disparaîtrait aussitôt qu'elle commencerait à lui parler de Jake Webb, d'un homme aux installations de Défense et d'une résidence pour diplomates russes. Ce qui l'inquiétait était ce qui se passerait ensuite. Si Daryl était bien le meurtrier, se retournerait-il contre elle ? Il était difficile d'imaginer qu'il pourrait devenir méchant, mais elle savait qu'elle devait en courir le risque.

Nancy se pencha vers le miroir pour faire une retouche de rouge à ses lèvres et à l'instant même où elle approchait le bâton de celles-ci, une fille s'avança près d'elle et, de son coude, lui bouscula le bras.

Nancy regarda d'abord le trait rouge clair au coin de ses lèvres, puis la fille qui en était à l'origine. Carla Dalton ; évidemment.

Jennifer passa un mouchoir en papier à Nancy. Susan leva les yeux au ciel et secoua la tête. Nancy s'essuya la bouche et recommença l'opération. Carla, quant à elle, ignora tout le monde, se brossa les cheveux puis se retourna pour partir.

Tout à coup, il y eut un grand cri suivi d'un bruit sourd. Carla était assise par terre, ses jambes maigres allongées devant elle, et les lèvres pincées dans une expression de dégoût.

Nancy essayait de comprendre comment Carla avait atterri là, non qu'elle y attachât vraiment de l'importance, lorsque Susan s'écria :

« Oh, je suis vraiment désolée! d'une voix hypocrite. Moi et mes grands pieds! Ma mère m'a toujours dit de faire attention à mes pieds, sinon les gens risquaient de buter dessus, mais je dois dire que je ne t'ai pas vue arriver. »

Elle secoua la tête d'un air navré.

« Tiens, veux-tu que je t'aide à te relever?

— Laisse-moi, lui répondit Carla les dents serrées. Tu en as déjà fait assez comme ça! » Elle se releva maladroitement et sortit la tête haute, non sans que Nancy eût remarqué une grande tache d'eau savonneuse au dos de sa robe couleur pêche.

« C'est du beau travail, merci, murmura Nancy à Susan.

— Je ne pouvais pas la laisser continuer à t'embêter, fit Susan en riant. Tu as assez de choses en tête. »

Jennifer donna du volume à ses petites boucles brunes puis regarda sa montre.

« C'est bientôt l'heure, dit-elle. L'orchestre va revenir dans deux minutes. »

Nancy respira profondément.

« Vous, les filles, vous savez ce que vous avez à faire, d'accord? »

Jennifer fit signe que oui.

« Ne t'inquiète pas. Nous serons là. » Elle sourit. « A propos, tu avais raison au sujet du danseur que tu m'as trouvé. Il est terrible.

— Je l'aime bien moi aussi, fit Nancy en riant. Bon, alors, poursuivit-elle, on se retrouve après la prochaine pause. Touchons du bois. » Elle reprit une bonne bouffée d'air et jetant un dernier coup d'œil au miroir, s'en alla et pénétra dans le gymnase.

L'orchestre s'installait et Nancy essaya de se relaxer un instant avant d'aller rejoindre Daryl. La salle était décorée de nombreuses banderolles de papier crépon et des spots projetaient des rayons rouges, bleus et orange vers le parterre. Nancy aperçut Walt Hogan qui avait l'air plus heureux que jamais. Elle ne vit ni Hal ni Connie, et elle pensa que Connie n'allait peut-être jamais en soirée. « Lorsque cette affaire sera terminée, se dit Nancy, Connie changera peut-être de style de vie et n'essayera plus de vouloir à tout prix être quelqu'un qu'elle n'est pas. »

Alan Wales, le dernier petit ami en date de Susan, prit sa guitare électrique et fronçant les sourcils dans un effort de concentration, entama un rock endiablé qui mit tout le monde en mouvement.

« Bon, Daryl, se dit Nancy à mi-voix, prête ou non, me voici. »

Le cœur battant, elle se fraya un passage au travers du gymnase bondé jusque vers Daryl. Sans un mot, Daryl lui prit la main et la tira tout près de lui.

« Hé ! plaisanta Nancy, c'est une danse rapide. Je ne crois pas que j'y arriverai comme ça.

— Mais qui a parlé de bouger ? lui murmura Daryl à l'oreille.

— Je comprends. » Nancy passa un doigt sur ses lèvres pour faire semblant d'être aussi passionnée que l'était Daryl. « Restons encore un petit moment, d'accord ? Sinon, tout le monde saura pourquoi nous partons.

— Je me moque des autres, lui répondit Daryl avec un sourire. D'accord. Autant danser, tant que nous sommes ici. »

Nancy dansa avec Daryl pendant environ une demi-heure. L'orchestre était bon et jouait sans s'arrêter des rocks très connus aussi bien que des nouveaux morceaux. C'était tous des morceaux rapides, joués fort, et il était presque impossible de se parler. C'était aussi bien pour Nancy. Il lui faudrait bavarder bien assez tôt.

Enfin, juste avant la pause suivante, l'orchestre se mit à jouer un slow romantique. Daryl prit Nancy dans ses bras et la tint serrée contre lui, bougeant à peine au son de la musique. Avec un soupir il lui dit :

« C'est la plus belle soirée que j'aie jamais passée ! »

Ça y est, se dit Nancy. Elle ramena la tête en arrière jusqu'à ce qu'elle pût regarder Daryl dans les yeux. Effleurant à nouveau ses lèvres, elle murmura :

« Cela pourrait être infiniment mieux encore, non ? Tout particulièrement si nous passons un peu de temps seuls tous les deux. J'ai assez dansé maintenant, et toi ?»

Avec un doux sourire, Daryl entrelaça les doigts de Nancy avec les siens puis la guida au travers de la salle, vers la sortie, évitant les couples qui dansaient.

Nancy frissonna lorsqu'ils traversèrent le parking, non pas à cause de l'air frais de la nuit, mais parce que le moment le plus dangereux de la soirée arrivait, le moment où Nancy découvrirait qui Daryl Gray était réellement. Un gentil garçon qui avait mal tourné ou bien un tueur froid ?

A l'exception de quelques réverbères assez espacés, le parking de Bedford High était mal éclairé, comme Nancy s'y attendait. La Porsche de Daryl apparut telle une carcasse de navire dans l'obscurité. Nancy se força à sourire lorsque Daryl ouvrit la portière et la fit monter. Alors qu'il faisait le tour pour aller vers la portière du conducteur, elle entendit des flots de musique venant du gymnase et pendant une seconde, elle eut envie d'y être encore.

Lorsque Daryl fut monté, Nancy n'eut pourtant pas le temps de songer à autre chose qu'à ses bras. Ils l'enlacèrent immédiatement et Nancy ne put s'empêcher de penser que quelques jours plus tôt, elle avait aimé cette sensation. Elle ne l'aimait plus maintenant, mais alors que Daryl la serrait contre lui, elle éprouvait encore une petite pointe de regret qu'un si beau garçon fût impliqué dans une affaire aussi moche.

Songeant à ce que Daryl avait fait, et à ce qu'il aurait pu faire, Nancy voulut se dégager.

« Hé, pas si vite, on a le temps, fit-elle haletante.

— Je sais, je sais. » Daryl était tout aussi haletant.

« Mais je t'adore tout simplement. » Il se pencha vers elle pour l'embrasser.

Nancy lui mit le bras autour du cou et lorsque le baiser fut terminé, elle estima qu'il était temps. En mettant ses lèvres tout près de son oreille, elle murmura doucement :

« J'ai pensé que tu aimerais le savoir... J'ai découvert pourquoi Jake Webb a été tué. »

15

Une seconde, Daryl ne bougea pas et Nancy se demanda même s'il l'avait entendue.

« Daryl ? » murmura-t-elle à nouveau.

Enfin, lentement, Daryl s'écarta d'elle et se redressa. Dans la pénombre, Nancy put distinguer une expression de surprise sur son visage. Mais il s'y mêlait de la crainte et elle sut que désormais, rien ne serait plus comme avant entre eux.

« Eh bien, fit Daryl, c'est du bon travail, détective ! Comment as-tu trouvé ça ?

— J'ai eu de la chance, admit Nancy. Il y avait une preuve devant moi, mais il m'a fallu un certain temps avant de la remarquer. C'était sur la bande.

— La bande ? Celle de Jake ? demanda Daryl brusquement.

— Celle de Jake.

— Bon sang, on en apprend tous les jours, hein ? » Daryl siffla tout bas. « Qui l'a tué, alors ? »

« Quel comédien ! » songea Nancy.

« Ce n'est ni Hal ni Connie, lui dit-elle. Ce n'est pas non plus Walt Hogan. » Cela, elle le supposait.

Daryl fronça les sourcils.

« Mais, tu disais que tu savais qui a tué Jake.

— Non, je n'ai pas dit ça. J'ai dit que je savais pourquoi il a été tué. C'est très différent. »

Daryl changea de place avec impatience.

« Il a été tué parce qu'il faisait chanter des gens et l'un d'eux lui a finalement tenu tête. Ça, nous le savons.

— Oui, c'est vrai, admit Nancy. Mais ce n'était aucun des trois. Ils étaient tous au fond de leur lit lorsque Jake a fait cette chute mortelle. » Nancy continuait à jouer aux devinettes, car elle savait bien que Hal, Connie et Walt auraient pu former une équipe et pousser Jake dans l'escalier. Mais elle n'y croyait pas du tout.

« Alors, poursuivit-elle, ne veux-tu pas que je te dise ce que j'ai trouvé ?

— Ce n'est pas exactement ce à quoi je pensais en venant ici, fit Daryl en essayant de plaisanter, mais si vraiment tu veux parler au lieu de... faire autre chose, alors vas-y.

— D'accord, voici ce que j'ai vu sur la bande, fit Nancy. J'appelle ça *Le show Daryl Gray.* »

Calmement, tranquillement, elle poursuivit la description exacte de ce que Susan, Jennifer et elle-même avaient vu après le départ de Daryl de chez Nancy cet après-midi-là.

« C'est peu de dire que j'étais surprise à la fin

de la projection, fit-elle. Il serait plus exact de dire que j'en étais malade. »

Daryl ne disait rien, de sorte que Nancy continuait à parler.

« Mais j'étais également troublée. Je veux dire par là que je ne savais toujours pas ce que Jake te voulait. Alors, j'ai voulu savoir. Inutile de t'expliquer où je suis allée, n'est-ce pas! J'ai suivi la 110 jusqu'à des installations de défense U.S. Puis je suis retournée à Bedford vers une propriété où séjournent des diplomates russes, où ils se reposent tout en étudiant quantité de plans de défense U.S. ultra-secrets, et des choses comme ça. »

Nancy secoua la tête et rit doucement.

« J'imagine ce que Jake a dû éprouver lorsqu'il a compris ce qui se passait. Il a dû se voir assis sur une mine d'or. » Elle se pencha légèrement en avant et dans la demi-obscurité, elle regarda le visage de Daryl. Il avait l'air résigné, comme un animal pris au piège qui sait qu'il ne peut retrouver sa liberté. Mais, tout comme un animal pris au piège, il avait également l'air furieux, prêt à frapper qui l'approcherait de trop près.

Pour la première fois depuis qu'elle avait quitté la salle de danse, Nancy sentit qu'elle était peut-être en danger. Daryl était physiquement très près d'elle, et elle se surprit à souhaiter qu'il y eût un peu plus de place dans la Porsche... la longueur d'un terrain de football, par exemple.

« Tu as presque terminé, se dit-elle. Allons, finis-en. »

« Je sais que Jake t'a dit qu'il avait découvert ton secret. Je ne sais pas combien tu devais lui donner, sur ton soi-disant salaire, pour lui faire garder le silence, mais cela n'a pas d'importance, dit Nancy. Et sans doute, cela n'avait pas beaucoup d'importance pour Jake non plus, puisque après un certain temps, Jake s'était décidé à aller taquiner le gros poisson, pas vrai ? Lequel de tes "contacts" a-t-il essayé de faire chanter ? Celui de la "défense" ? Celui qui se trouve ici même à Bedford ? Les deux ? »

Daryl tourna la tête pour la regarder et Nancy vit que sa colère montait.

« Eh bien ! cela ne fait rien, fit-elle. Je trouverai. » Elle parlait vite, désirant finir avant que Daryl n'explosât. « Ce que je veux vraiment savoir — et je crois que tu peux me le dire — c'est qui a tué Jake ? Etait-ce toi ? »

C'est là qu'eut lieu l'explosion. Nancy sentit la main de Daryl — dont le toucher même l'avait fait frissonner d'émotion — lui serrer le poignet à faire mal. Puis, il sortit de la voiture en la tirant brutalement derrière lui. Nancy trébucha et sentit son genou arraché par le sol du parking, mais Daryl l'avait déjà saisie par les bras et la relevait en la poussant contre la voiture.

« Ecoute, murmura-t-il d'une voix rauque, Jake est devenu fou et toi aussi. Si tu crois que je suis un tueur, qu'est-ce qui te fait penser que je m'arrêterai avec Jake Webb ? »

Nancy vit l'expression de rage désespérée dans les yeux de Daryl et sut qu'elle avait besoin d'aide. Heureusement elle avait tout prévu. En regardant Daryl, elle le vit tout à coup cligner des yeux lorsque trois paires de phares s'allumèrent à trois endroits différents. La lumière les aveugla tous deux un instant, mais Nancy entendit des portières de voitures s'ouvrir et sut que Susan et Jennifer arrivaient. Mais surtout, le danseur « inconnu » de Jennifer — Mike Peterson — était avec elles. Nancy était heureuse qu'il soit revenu pour le week-end. Le sachant là, elle se sentait plus forte.

Daryl entendit également les portières et le bruit de pas précipités sur le sol. Il tourna la tête à temps pour voir trois silhouettes s'approcher rapidement de la Porsche. Il se mit alors à courir.

« Nancy, ça va? appela Susan.

— Oui, ça va! » lui répondit son amie en criant. Elle se mit à courir après Daryl, mais avant qu'elle eût pu faire deux pas, elle sentit que quelqu'un la dépassait. Lorsqu'elle vit qui c'était, elle s'arrêta. Mike Peterson saurait s'occuper de Daryl.

Les jambes robustes de Mike lui permirent de rattraper facilement Daryl. Nancy le vit bondir et sauter sur le dos de Daryl et tous deux roulèrent à terre. Puis, il se remit debout, forçant Daryl à se relever. Il le traîna à moitié vers la Porsche et le colla sur le côté de la voiture.

« Mike! »

Nancy n'avait jamais vu Mike si brutal.

Lorsqu'il était arrivé tantôt, elle lui avait tout raconté à propos de Daryl, excepté les détails intimes de leur relation. Elle gardait cela pour plus tard, lorsque toute l'affaire serait réglée. Mais en voyant le visage de Mike si tendu, elle se demanda s'il suspectait quelque chose. Elle espérait que non. Elle ne pouvait vraiment pas s'occuper de ça maintenant.

Puis Mike lâcha la veste de Daryl et se tourna vers Nancy avec un sourire qui demandait à se faire pardonner.

« Excuse-moi, fit-il. J'ai tendance à perdre mon calme lorsqu'un tueur s'en prend à mon amie.

— Ton amie! » s'exclama Daryl. Puis il se mit à crier : « Je ne suis pas un assassin!

— Ne raconte pas d'histoire », fit Mike calmement en s'écartant de Daryl et en laissant Nancy prendre l'affaire en main.

« Tu n'as pas tué Jake Webb? » demanda-t-elle.

Daryl secoua la tête.

« J'ai juste dit ça pour t'effrayer. »

Sa voix était sans énergie. Il avait l'air d'un chien battu.

« C'est le type des installations de Défense — Mitch Dillon — qui a tué Jake. Il me l'a dit. »

La respiration de Daryl était hésitante et il reprit :

« Ça ne lui suffisait pas de me faire chanter moi seul. Il m'a alors obligé à le mettre en contact avec Mitch. Mitch s'est amusé avec lui, a laissé Jake fixer un rendez-vous au lycée. Puis il a demandé à Jake de lui remettre la bande, sinon il le tuerait. »

Daryl secoua de nouveau la tête, comme s'il ne pouvait pas réellement y croire.

« Inutile de vous expliquer ce qui s'est passé ensuite.

— Connaissant Jake, il a dû se moquer du type, fit Nancy.

— Oui et il est mort en riant, l'imbécile. »

Daryl était plus calme maintenant. Il n'y avait aucune colère dans sa voix, seulement de la tristesse.

« Quand Mitch a compris qu'il n'obtiendrait pas la bande, il a littéralement explosé. Il m'a alors ordonné, en me menaçant, de la trouver rapidement.

— C'est toi qui étais dans le labo de vidéo ce jour-là, n'est-ce pas ? » demanda Nancy.

Daryl fit signe que oui.

« Je t'ai poursuivie dans les couloirs, expliqua-t-il, mais je ne pouvais vraiment pas continuer. Je veux dire, qu'aurais-je fait si je t'avais attrapée ? Je t'aurais battue ? » Il sourit légèrement et haussa les épaules. « Attendre que tu me parles de la bande a été un des moments les plus durs de ma vie. Mais lorsque je l'ai regardée avec toi, j'ai constaté que je n'étais pas dessus. Je pensais pouvoir enterrer toute cette affaire. »

Nancy connaissait enfin toute l'histoire. Elle aurait dû jubiler mais elle avait plutôt envie de pleurer, et à voir leur visage, Susan et Jennifer éprouvaient la même chose. Comment se réjouir de l'assassinat d'un homme, même si c'était un sale type comme Jake Webb, et d'une vie désormais gâchée : celle de Daryl Gray?

Nancy regarda Mike. Comme toujours, il avait intuitivement compris ce qu'elle ressentait, avant même qu'elle n'ait eu besoin de le lui dire. Il vint vers elle et lui entoura l'épaule de son bras. Nancy lui sourit puis se retourna vers Daryl.

«Je ne crois pas que tu puisses jamais oublier tout ceci, lui dit-elle. Pas complètement, en tout cas. Il faudra bien que tu assumes la responsabilité de tes actes et ce que le gouvernement décidera de faire de toi.»

Daryl ne prit pas la peine de répondre. Il se contenta de hausser les épaules en signe de défaite et évita le regard de Nancy.

«Mais je pense connaître un moyen de te faciliter considérablement les choses», poursuivit Nancy.

Daryl leva la tête avec une lueur d'intérêt dans ses beaux yeux.

«Comment ça?

— En nous aidant à mettre la main sur le meurtrier.

— Vous plaisantez! Mitch n'a plus rien à perdre.»

Le regard de Daryl balaya le parking, comme s'il cherchait par où s'échapper. Mais il était pris au piège et il le savait.

«Vous ne comprenez donc pas! cria-t-il. Il va m'éliminer!»

16

Mike prit lentement la route de Bedford, en direction du lycée. Puis il regarda Nancy qui fronçait les sourcils dans un effort de concentration.

« Crois-tu vraiment que Mitch Dillon irait jusqu'à tuer Daryl ?

— Je n'en sais rien, admit Nancy. Qui peut le dire avec certitude ? »

Elle était mal à l'aise, rien qu'en y pensant. Vendredi soir, sur le parking, elle avait presque passé quarante-cinq minutes à convaincre Daryl de voir les choses à sa façon. En l'aidant à mettre Mitch Dillon derrière les barreaux, avait-elle dit, Daryl soulagerait sa conscience. Et cela pourrait l'aider à se sortir d'une partie des difficultés dans lesquelles il s'était fourré. Elle avait expliqué à Daryl qu'il n'avait, pas plus que Dillon, grand-chose à perdre. Cela avait été assez facile à dire sur le moment, mais on était lundi, trois jours plus tard, et dans quelques petites heures, ils mettraient ce plan à exécution. C'était un plan bien monté, Nancy le savait, mais aucun plan n'était complètement infaillible. Et si quelque chose tournait mal, Daryl en subirait les conséquences.

Percevant son inquiétude, Mike lui saisit la

main qu'elle serra. Son emploi du temps n'étant pas trop chargé pour les quelques jours à venir, il avait décidé de rester pour l'aider.

« Hé, fit-il gentiment. Tout ira bien. Je serai là. Jennifer, Susan et Alan seront là aussi. Même la police viendra. Et tu as pris une avance considérable, là où les flics cherchent encore. Tu as déjà résolu le mystère et ils en sont encore à se gratter la tête d'incertitude.

— Oui, et j'ai une longueur d'avance sur eux avec en plus un élément de preuve de la plus haute importance. » Nancy commençait à se sentir mieux. « D'autre part, j'ai vraiment besoin d'eux. Ils sont les seuls à pouvoir procéder à une arrestation. »

Nancy rit en se rappelant l'expression sur le visage du commissaire de police lorsqu'elle lui avait raconté son histoire. Il n'avait jamais entendu parler de Nancy Drive, la jeune détective, et il fallut deux coups de téléphone — l'un à son père, l'autre à M. Parton — pour que l'air fâché du commissaire se transformât en air étonné.

Une fois sa surprise passée, le commissaire de police avait été tout à fait d'accord pour suivre le plan de Nancy. C'était vraiment un plan tout simple.

Daryl avait appelé Mitch Dillon, lui avait dit qu'il possédait la bande et avait pris rendez-vous avec lui pour le lundi après-midi, cinq heures trente. Daryl ferait en sorte, pendant la rencontre, que Mitch Dillon parle du meurtre de Jake. Nancy et ses amis recueilleraient les aveux sur bande vidéo, en utilisant une caméra cachée.

Comme Mike se dirigeait vers Bedford High, Nancy regarda sa montre. Dans quelques heures, l'affaire serait réglée, elle l'espérait. L'idée d'avoir à attendre toute la journée au lycée la rendait malade. Mais elle voulait garder un œil sur Daryl et s'assurer qu'il ne s'enfuirait pas. Elle ne pensait pas qu'il le ferait, mais elle ne pouvait se permettre de prendre ce risque.

« Maintenant rappelle-toi, plaisanta Mike en arrêtant la voiture, ne perds pas ton argent du déjeuner et ne sèche pas de cours.

— Très drôle, fit Nancy. Et si nous échangions les rôles ? Toi en cours et moi en reconnaissance sur le lieu du rendez-vous ?

— Non merci, mais je veux bien qu'on passe un accord. » Mike se pencha et posa sa main sur sa nuque. « Travaille bien à l'école et nous partirons à la montagne le week-end prochain. Mon père et ma mère sont impatients d'y aller. Il y a une grande cheminée dans le chalet et c'est très agréable durant les nuits froides.

— J'accepte l'invitation ! »

Nancy se pencha et embrassa Mike, se demandant comment elle avait pu trouver Daryl Gray attirant. Mais c'était un fait et elle aurait à s'occuper de cela, tôt ou tard. Plus tard, se dit-elle. Elle embrassa Mike encore une fois longuement, puis sauta de la voiture et entra au lycée.

Si Nancy avait réellement été une élève, elle aurait certainement été mise à la porte. Dix fois au moins, ce jour-là, elle fut surprise à regarder par la fenêtre au lieu de prendre des notes, et son professeur d'anglais ne s'était pas gêné pour lui demander si elle n'avait pas laissé sa tête à la maison.

« Où est votre tête, mademoiselle Drive ? »

Nancy eut envie de lui dire que sa tête s'occupait de chantage, d'espionnage, de meurtre, mais elle se tut. Il l'aurait certainement envoyée droit chez le psychologue de l'établissement.

Elle vit Daryl deux fois — une fois dans les couloirs, puis à la cafétéria —, il avait l'air bien. « Tendu, mais prêt à foncer », dit-il. Nancy était également nerveuse, mais de savoir que Daryl tenait le coup la rendait plus détendue.

La troisième fois, elle le revit sur les lieux du rendez-vous, dans le parc, près de Bedford High. Elle était allée y rejoindre Mike, Susan, Alan et Jennifer dès la fin des cours. Mike avait passé la plus grande partie de l'après-midi à explorer le parc, pour trouver le meilleur endroit où cacher la caméra. Il était en train de montrer à Nancy des buissons épais qui semblaient parfaits, lorsque Daryl vint vers eux en courant. Nancy regarda son visage, et son cœur se serra. Daryl semblait terrifié.

« C'est Mitch, il... » Daryl suffoquait. « Il m'a téléphoné au lycée en se faisant passer pour mon père. On — on ne peut pas continuer comme ça !

— Pourquoi pas ? demanda Nancy. Qu'a-t-il dit ?

— Il a dit qu'il ne pouvait pas venir à cinq heures trente, expliqua Daryl. Je ne sais pas s'il se doute de quelque chose, mais il a décidé d'arriver ici dans dix minutes et on n'a pas le temps de tenir la police au courant de ce changement de programme!»

Nancy ressentit elle-même un moment d'affolement, mais en quelques secondes, cela se transforma en colère.

«Ecoute, dit-elle, il se doute peut-être de quelque chose. Ce ne serait pas un bon espion s'il ne gardait pas les yeux ouverts. Mais il ne peut avoir aucune idée sur ce que nous lui avons préparé. Il ne peut pas abandonner. Il se pourrait qu'il quitte le pays et c'est peut-être notre dernière chance de mettre la main sur lui!

— Nancy a raison», fit Mike calmement.

Il était trop tard pour essayer de persuader Daryl davantage. Nancy se contenta de le regarder, l'encourageant en silence à tenir bon. Daryl fixa le sol quelques secondes, en réfléchissant. Puis il releva la tête et fit un signe à Nancy :

«Allons-y, détective!»

Aussi calmement que si les renforts de police les attendaient dans les coulisses, les six jeunes gens allèrent se mettre en place. Susan et sa future star du rock s'assirent sur un banc, tout près l'un de l'autre, et s'enlacèrent. Nancy remarqua qu'ils n'avaient pas besoin de faire semblant d'être amoureux l'un de l'autre.

Nancy, Mike et Jennifer se cachèrent derrière les buissons d'où ils pouvaient filmer la rencontre, sans être vus. Nancy dirigea la caméra sur le parc, s'arrêtant quelques secondes sur Daryl.

Daryl était assis sur un autre banc, un peu éloigné des amoureux. Nancy avait eu tort de s'inquiéter à son sujet. Il était installé sur le banc, en train de lire un de ses livres de classe, aussi détendu que le jour où elle l'avait vu la première fois, au feu rouge de Bedford.

« Il est d'un calme ! » fit remarquer Jennifer doucement.

Nancy acquiesça.

« Il a raté sa vocation. Il aurait dû être comédien. »

Une branche la piquait dans l'oreille ; elle leva la main pour la repousser et sentit la main de Mike près de la sienne. Elle sourit et s'apprêtait à lui dire quelque chose, quand les yeux de Mike se détournèrent de son visage, elle le sentit tendu.

« De la compagnie », murmura-t-il.

Au travers de l'objectif, Nancy vit un homme corpulent s'avancer dans le parc. Il portait un jean et un anorak bleu foncé, et s'arrêtant près de l'étang des canards, il sortit une poignée de pop-corns de sa poche et la jeta dans l'eau. Il ne se pressait pas et ne regardait pas autour de lui. C'était un homme ordinaire qui faisait une promenade dans le parc, tard dans l'après-midi.

Mais Nancy sentit ses mains devenir moites quand elle remarqua son épaisse moustache. C'était bien la moustache qu'elle avait vue sur le film de Jake, et c'était le même homme qui avait rencontré Daryl devant les bâtiments de l'armée de l'Air. Mitch Dillon, l'espion, le tueur, bientôt démasqué... si tout se passait comme Nancy l'espérait.

Dillon arrêta de donner à manger aux canards et alors qu'il longeait l'allée qui bordait le bassin, Nancy constata qu'il n'était pas aussi inattentif que la plupart des gens auraient pu le croire. Son regard scrutait constamment le parc, comme s'il redoutait quelque traquenard. Comme il regardait en direction des buissons derrière lesquels l'équipe de tournage était cachée, Nancy retint instinctivement sa respiration, bien qu'elle sût qu'il ne pourrait la voir.

Puis Dillon but à la fontaine et, en se relevant, jeta un dernier coup d'œil aux alentours. Visiblement satisfait, il essuya sa moustache et se dirigea lentement vers Daryl.

Nancy saisit la caméra d'un geste ferme, et la tint sans bouger pendant que Dillon s'asseyait sur le banc, à côté de son "contact". Nancy vit les lèvres de Dillon bouger ; Daryl fit alors un signe de tête, plongea la main dans le sac qui contenait ses livres et en tira une enveloppe volumineuse. Ce n'était pas la cassette accusatrice bien sûr, mais une banale cassette vierge. Daryl pourtant ne la lui remit pas immédiatement ; au contraire, il commença à parler et Nancy sut qu'il parlait de Jake Webb.

« Obtiens-nous les aveux de Dillon, encouragea-t-elle Daryl en silence et enregistre-les sur la mini-cassette que tu portes sous ta chemise. »

Nancy supportait mal de se trouver là où elle était, trop loin pour entendre, et de regarder la scène au travers d'un miniscule objectif. Elle aurait voulu être dans l'action et entendre tout elle-même. Elle eut envie de confier la caméra à Jennifer ou à Mike et de se faufiler au travers des buissons pour s'approcher de Daryl et de Dillon, mais elle estima que cela ne valait pas la peine de prendre un tel risque. Un faux mouvement, trop de branches cassées sur son passage pourraient tout gâcher, d'autant plus que la police n'était pas là en renfort.

Dillon tendit la main pour prendre l'enveloppe, mais Daryl ne la lui donna pas. Il parlait toujours. Cela voulait dire que Dillon n'avait encore rien dit au sujet de l'assassinat de Jake. Nancy se demanda pourquoi. Quelque chose clochait. Daryl s'était-il dévoilé au point d'éveiller les soupçons de Dillon ?

Tout en gardant la caméra fixe, Nancy écarta une seconde l'œil du viseur. Peut-être qu'un "vrai" coup d'œil lui en dirait plus. Mais avant qu'elle n'ait eu le temps de voir quoi que ce soit, un jet de lumière aveuglant partit des buissons qui se trouvaient en face du banc. Mitch Dillon se leva, l'enveloppe en main.

Sans attendre la réaction de Mike et Jennifer, Nancy laissa tomber la caméra vidéo et se mit à courir. Quelque chose ne s'était pas passé comme prévu. Dillon était debout maintenant. Nancy devait le rejoindre avant qu'il ne prenne la fuite !

17

Comme Nancy s'élançait dans les buissons, un cri s'éleva, brisant le silence du parc. Il y eut un autre cri, puis une voix de femme s'éleva :

« Qu'est-ce que vous faites? Lâchez-moi! »

Nancy aurait reconnu cette voix n'importe où. C'était celle de Brenda Carlton. Le reporter de choc avait encore une fois tout gâché.

Nancy était tellement furieuse qu'elle en tremblait. Elle était surtout furieuse contre elle-même. Elle avait passé un contrat avec Brenda et aurait dû s'en méfier. On ne pouvait lui faire confiance ; c'était une source de complications inépuisable. Penser à Brenda avait distrait Nancy l'espace d'une seconde, et c'était plus qu'il n'en fallait. Nancy se prit le pied dans une grosse racine qui se trouvait en travers du sentier tel un serpent ; et s'étala de tout son long, juste à côté du banc sur lequel Daryl et Mitch se trouvaient assis quelques instants plus tôt.

« Bon sang! Qu'est-ce que c'est encore? fit

Dillon en ricanant. Une autre gamine? Debout!» ordonna-t-il brutalement.

Nancy se releva, appréciant en une seconde la situation. Daryl se tenait à quelques pas du banc, avec à ses pieds, l'appareil photo et le flash de Brenda. Dillon avait serré Brenda contre lui en lui passant un bras autour du cou et tenait un pistolet dans sa main libre. L'arme était braquée vers la tête de Brenda.

«Nancy, je suis désolée, bégaya Brenda. Je ne voulais pas que ça se passe comme ça. Si, si seulement tu m'avais tout dit, je serais restée en dehors du coup!

— Tu m'as suivie tout le temps, non?» fit Nancy.

Brenda fit oui de la tête sans rien dire puis eut une grimace de douleur lorsque Dillon resserra son bras autour de son cou. Les yeux de Brenda étaient terrifiés, et Nancy ne put s'empêcher de la plaindre. Il n'y avait aucune pitié dans les yeux de Mitch Dillon, qui étaient à peu près aussi tendres que ceux d'un requin mangeur d'hommes.

«Assez de bavardage, les filles, dit-il. Il est temps d'arrêter de jouer.

— Ce n'est pas un jeu», fit Nancy.

Dillon la dévisagea froidement.

«Tu as raison, ça n'en est pas un. C'est la réalité et ça va se gâter si vous ne faites pas ce que je dis.» Il tourna son regard vers Daryl.

«Je veux cet appareil photo, ordonna-t-il, en regardant l'appareil de Brenda sur le sol. Tu me le passes et personne n'aura de bobo. Je sortirai du parc et de vos vies. Ce sera comme un mauvais rêve. »

« Ça l'est déjà », pensa Nancy. Ses idées galopaient, elle cherchait ce qu'il fallait faire. Puis tout à coup, elle remarqua quelque chose — Susan et Alan étaient tout près, mais ni Mike ni Jennifer ne l'avaient suivie au travers des buissons, de sorte que Dillon n'avait aucun moyen de savoir qu'ils étaient dans les parages. Nancy connaissait suffisamment Mike et Jennifer pour deviner qu'ils n'étaient pas restés figés à attendre ce qui allait se passer. L'un d'eux était certainement déjà sorti du parc pour aller prévenir la police. Nancy pouvait continuer à faire parler Dillon, et à l'empêcher de partir, d'une manière ou d'une autre, alors, il restait une chance de sortir de cet imbroglio. Il fallait juste un peu de temps.

« Que se passera-t-il si Daryl ou moi ne vous donnons pas l'appareil photo ? » lui demanda-t-elle.

Dillon soupira de lassitude.

« Alors quelqu'un passera un mauvais quart d'heure. Tu veux savoir qui ? »

Il s'adressait à Nancy plutôt qu'à Daryl, comme si elle était une enfant qui posait des questions embarrassantes, et Nancy décida de continuer ce jeu avec lui.

« Qui ? demanda-t-elle.

— Qu'est-ce que tu crois ? s'écria Brenda. C'est sur moi qu'il pointe son pistolet ! Donnez-lui donc ce stupide appareil pour qu'il me laisse tranquille !

— Tu es une fille intelligente, lui dit Dillon. Je te suggère de suivre son conseil, la rouquine. »

Nancy avait horreur d'être appelée rouquine, et tout particulièrement par quelqu'un comme Dillon.

« Et si je ne fais pas ce qu'elle dit, vous la tuerez comme vous avez tué Jake Webb, c'est ça ? demanda-t-elle.

— Tu comprends vite, répondit Dillon. J'ai déjà tué un petit curieux. Je n'ai pas peur d'en supprimer un autre. Tu as tout compris. »

« Ça y est, nous avons les aveux, se dit Nancy, et ce n'est pas grâce à Brenda. »

Dillon commençait à s'impatienter.

« Alors, cet appareil ? »

Nancy grinça des dents.

« Si vous le voulez vraiment, pourquoi n'allez-vous pas le chercher vous-même ? Personne ne vous en empêche. Nous ne sommes tous qu'une bande de gamins stupides, ne l'oubliez pas !

— Vous êtes peut-être stupides, mais moi je ne le suis pas, fit Dillon. Tu crois que je ne sais pas ce qui va se passer si j'essaie de ramasser l'appareil ? Tu vas vouloir jouer les héros en me sautant dessus et même si je dois gagner, je n'ai pas le temps de m'amuser maintenant.

— Je le parierais, fit Nancy. Vous devez prendre un avion pour vous enfuir en U.R.S.S., pas vrai ?

— Tu commences à m'énerver. »

Dillon, dégoûté, secoua la tête et se tourna vers Daryl.

« Bon, mon vieux ! Fais une dernière faveur à ton associé et passe-moi l'appareil, maintenant !

— N'obéis pas, Daryl, cria Nancy.

— Nancy ! gémit Brenda. Qu'est-ce que tu fais ? Il va me tuer !

— C'est ça. »

Dillon regardait Daryl,

« Je vais la tuer si tu ne me passes pas ce foutu truc dans les dix secondes qui suivent. Dix... neuf...

— Hé ! Du calme, Mitch. Je vais te le donner.

— Six... cinq... »

Brenda ouvrit la bouche mais aucun son n'en sortit.

« Quatre... »

Lentement, Daryl se baissa et prit l'appareil par la bandoulière. Comme Dillon comptait deux, Daryl se releva et par un mouvement rapide, lui balança la caméra à la figure. Dillon tira.

Nancy entra en action. Elle ne savait pas si Dillon avait touché quelqu'un, mais elle se rua sur lui, déterminée à l'empêcher de nuire davantage. Elle le frappa sous les genoux et comme elle essayait de le saisir par le pantalon, Dillon se baissa et lui décocha un violent coup de poing sur la joue, qui la laissa groggy.

« C'est vrai qu'on voit des étoiles », se dit Nancy. Ses oreilles sonnaient et sa vue s'était troublée. Il lui était difficile de dire ce qui se passait mais elle eut l'impression qu'il y avait beaucoup de mouvement autour d'elle. Puis elle entendit une voix familière l'appeler :

« Ne t'en fais pas, Nancy! lui cria Mike. La police arrive! »

Nancy se frotta les yeux et vit Mike et Alan poursuivant Mitch Dillon. Celui-ci courait à toute vitesse sur la pelouse, en direction des trottoirs qui faisaient le tour du parc. Il tenait encore la cassette d'une main et de l'autre, l'appareil photo qui se balançait en tous sens au bout de sa bandoulière.

Si seulement Dillon avait su que ni l'un ni l'autre ne lui seraient d'aucun secours, il aurait peut-être pu s'échapper. Mais il voulait emporter toutes les "preuves" avec lui, et l'appareil qui lui cognait les genoux ralentissait sa course. Il perdit quelques précieuses secondes à se saisir fermement de l'appareil photo.

C'étaient quelques secondes de trop. Mike et Alan augmentèrent leur vitesse et le rejoignirent juste au moment où il reprenait la course. Mike puis Alan tombèrent sur Dillon, les trois hommes roulèrent jusqu'au pied d'une fontaine qui les arrêta. Dillon ne s'échapperait pas. Nancy ferma les yeux de soulagement.

Lorsqu'elle les rouvrit, la personne qu'elle vit fut Brenda Carlton, qui avait davantage l'air d'une clocharde que d'un reporter soucieux d'élégance. Ses bottes en cuir fin étaient souillées de boue, il manquait deux boutons à son chemisier de soie rouge et elle avait du rouge à lèvres sur le menton. Elle était toujours assise là où Dillon l'avait jetée; le pistolet était à côté d'elle et chaque fois qu'elle le regardait, elle sanglotait nerveusement.

Nancy s'apprêtait à lui lancer quelque remarque sarcastique quand Susan lui toucha l'épaule.

«Nancy?» Sa voix était chancelante. : «Tu t'y connais en blessures par balle?

— Quoi? fit Nancy, en se retournant pour regarder son amie. Tu es blessée?

— Non, je vais bien, la rassura Susan. C'est Daryl.»

Daryl était assis à quelques mètres de Brenda. Son beau visage était pâle et ses yeux exprimaient la douleur. Il tenait son épaule droite et lorsque Nancy le regarda, le sang coulait entre ses doigts.

«Je ne crois pas que ce soit trop sérieux, dit-il comme Nancy s'accroupissait à côté de lui, mais ça fait vraiment mal.»

Il sourit faiblement et Nancy lui retourna son sourire.

«Merci, fit-elle. Tu as été formidable.

— Ça aussi», ajouta Jennifer triomphalement. Elle émergea des buissons et montra la caméra qu'elle tenait. «J'ai filmé toute la scène, jusque dans les moindres détails!»

Nancy fit un signe de victoire et entendit au même instant la sirène de la police, à peine perceptible d'abord, puis de plus en plus forte. C'était fini. Ils avaient réussi et Nancy se mit à rire, sentant à peine sa joue endolorie.

18

Lorsque Nancy entra dans le bureau de M. Parton le lendemain après-midi, le proviseur se leva et son sourire illumina toute la pièce. L'expression inquiète avait disparu de son regard et d'un pas léger, il fit le tour de son bureau pour venir lui serrer la main.

« Votre père m'avait dit que vous étiez formidable, lui dit-il rayonnant. Je suis enchanté de l'avoir écouté.

— Merci, fit Nancy en riant. J'en suis également enchantée. »

Elle s'assit sur une chaise et prit la tasse de thé fumant que M. Parton lui offrit.

« Comment vous sentez-vous ? lui demanda le proviseur. Si j'ai bien compris, vous êtes entrée en contact direct avec le poing de Mitch Dillon ? »

Nancy toucha sa joue. Elle était violette et son maquillage n'avait pas entièrement dissimulé l'ecchymose, mais elle trouvait que cela faisait bien dans le tableau.

« J'ai mal seulement quand je ris, plaisanta-t-elle. De toute manière, cela valait la peine de voir la police passer les menottes à Mitch Dillon. »

Mitch avait perdu ses allures belliqueuses. Il avait gardé un silence glacial, lorsque les policiers lui avaient énuméré ses droits, mais Nancy avait décelé de l'affolement dans son regard. C'en était fini de lui et il le savait.

« Assassinat et espionnage, murmura M. Parton. Ici même à Bedford. Si Jake Webb n'avait pas été aussi gourmand, cela aurait pu durer longtemps. » Il secoua la tête de stupéfaction. « Eh bien! Voilà qui met fin aux activités de ce Dillon pendant un bon moment, c'est certain.

— Et son contact étranger ? demanda Nancy.

— Je crois que nous ne saurons jamais le fin mot de l'histoire, fit M. Parton, mais j'ai entendu, ce matin aux nouvelles, que deux "diplomates" avaient quitté leur résidence de Bedford hier soir. Leur mère patrie les a sans doute rappelés d'urgence.

— Je pense que cela règle le problème du réseau d'espionnage, pour un temps du moins, répliqua Nancy. Que va-t-il arriver à Daryl Gray ? »

La bonne humeur de M. Parton s'estompa un instant.

« Je n'en sais encore rien, fit-il avec un soupir. Il doit s'attendre à de sérieux problèmes, c'est certain. Je n'arrive toujours pas à croire qu'il ait pu faire ce qu'il a fait. »

Nancy en convenait, mais elle trouvait que Daryl méritait qu'on lui donnât sa chance.

«Je sais que vous êtes terriblement déçu par Daryl, fit-elle, mais je pense que c'est grâce à lui que Mitch Dillon n'a pu s'échapper hier. Daryl finalement a fait ce qu'il devait faire. Son attitude courageuse lui a d'ailleurs valu une balle dans l'épaule.»

M. Parton acquiesça.

«Vous avez raison et je suis sûr que le gouvernement sera d'accord avec vous. Il lui faudra payer pour ce qu'il a fait, mais peut-être le prix n'en sera-t-il pas trop élevé.» Il but une gorgée de thé et se montra de nouveau plus détendu. «Ah, j'y pense! La police a gardé la bande vidéo de Jake comme preuve, mais elle a promis d'être discrète en ce qui concerne Walt, Hal et Connie.

— Formidable!»

Nancy ne put s'empêcher de penser que ces trois élèves n'avaient été en définitive que des victimes.

«Leur avez-vous déjà parlé?

— A tous les trois, lui répondit M. Parton. Hal va repasser ses tests, Walt a décidé de se retirer de la compétition pendant quelque temps, et Connie a promis de trouver de l'aide pour régler son problème de vol. Finalement, c'est un dénouement heureux. Je n'ai pas parlé de votre rôle dans cette affaire, même si j'ai eu envie de le faire, continua-t-il.

— Bien, soupira Nancy. Qui sait? Il se pourrait que vous ayez encore besoin de moi, un jour.»

M. Parton fit une grimace puis lui serra la main.

«Ne le prenez pas mal, dit-il, mais j'espère que non!»

Nancy traversa les halls de Bedford High une dernière fois, d'un pas léger. Elle avait réglé l'affaire, mais cela représentait bien davantage. Elle aperçut Hal, Walt et Connie et remarqua que tous trois semblaient s'être épanouis en l'espace d'une nuit. De fait, l'atmosphère de tout le lycée s'était détendue. Le grand secret ayant été dévoilé, les mystères de moindre importance — blessures, tricheries, vols — gagnaient à être oubliés.

Beaucoup d'élèves avaient le *Today's Times*, et Nancy remarqua que Brenda Carlton avait finalement réussi à avoir son nom au bas d'un article, à la une, juste en-dessous du gros titre; DECOUVERTE D'UN RESEAU D'ESPIONNAGE PAR LA POLICE DE BEDFORD. Nancy sourit au fond d'elle-même en ramassant un journal qui traînait par terre. Brenda avait dû être enchantée de tenir ses engagements en ne mentionnant pas le nom de Nancy dans son article. En jetant un rapide coup d'œil à ce dernier, Nancy vit avec soulagement qu'on avait donné autant d'importance au rôle de Daryl dans la capture de Dillon, qu'à son rôle de messager des espions. Bien évidemment, Brenda n'avait nullement fait mention de sa désastreuse intervention personnelle.

Daryl se trouvait toujours à l'hôpital, disait l'article, mais devait rapidement se remettre. Nancy était persuadée qu'il retomberait toujours sur ses pieds et que, dans quelques années, il aurait oublié le cauchemar qu'il avait vécu.

Ainsi, tout finissait bien, pensa-t-elle, en ouvrant la porte pour sortir. Il ne lui restait plus qu'un point à régler avant de mettre l'affaire Bedford High définitivement de côté et de passer à une nouvelle enquête.

Le «point à régler» était Mike Peterson et il l'attendait dans sa voiture. «Ce moment en vaut bien un autre pour tout lui raconter sur Daryl», pensa Nancy. Elle remonta le col de sa veste pour se protéger du vent frais d'octobre et descendit l'escalier pour aller le retrouver.

«Salut!» Mike lui ouvrit la portière et lui prit la main comme elle s'installait. «Tout s'est-il bien passé?

— Très bien, fit Nancy puis elle lui raconta ce que M. Parton lui avait dit.

— Parfait. Tout est réglé, alors?

— Presque.»

Nancy respira profondément. Elle aurait aimé avoir eu le temps de parler de son problème avec Susan, mais Susan était si occupée avec Alan Wales qu'elle faisait à peine attention à ce qui se passait autour d'elle. Elle et Alan ne mangeaient, ne dormaient, ne respiraient plus que pour la guitare et la musique. Nancy était seule. Après avoir une nouvelle fois pris sa respiration, elle lâcha :

« Mike, j'ai quelque chose à te dire.

— Je crois savoir de quoi il s'agit, lui répondit Mike avec douceur. C'est à propos de Daryl Gray, non ?

— Tu veux dire que tu savais ?

— Pas vraiment, reprit Mike. Mais j'avais remarqué sa façon de te regarder à plusieurs reprises et ta façon de le regarder en retour. »

Nancy aurait dû le savoir. Mike la connaissait mieux que quiconque.

« Ce n'était pas très important, en réalité. Je veux dire que je ne l'aime pas. Je pense que nous étions simplement attirés l'un vers l'autre. Je ne m'y attendais pas. Cela s'est fait comme ça.

— Tu ne me dois aucune explication », fit Mike. Il regarda droit devant lui, vers l'entrée de Bedford High.

« Mais je veux t'expliquer ! » Nancy serra fort sa main et essaya de lui faire tourner la tête vers elle. « C'est très difficile à dire, mais c'est mieux que de te le cacher. Je t'aime, dit-elle. Personne ne compte autant que toi.

— Alors, c'est terminé ? demanda Mike.

— C'est à peine commencé », fit Nancy.

Mike la regardait enfin, mais Nancy ne put rien lire dans son regard. Il lui était impossible de savoir ce qu'il pensait.

Mike l'attira vers lui et l'embrassa doucement. « Sortons d'ici, proposa-t-il. D'accord ?

— D'accord ! »

Nancy lui rendit son baiser et se redressa. Elle était contente de lui avoir parlé mais est-ce qu'elle avait bien fait ? Mike avait dit qu'il avait compris, mais avait-il réellement compris ? Aurait-elle compris s'il avait rencontré une fille, à la fac ?

Nancy secoua la tête et essaya de se débarrasser de ces pensées. C'était terminé. Elle avait fait ce qu'elle croyait juste et il ne lui restait plus qu'à attendre pour voir ce qui allait se passer.

La voiture s'éloignait du lycée, et Nancy se retourna pour le regarder une dernière fois. C'était une belle construction moderne qui semblait paisible, au soleil de l'après-midi. Il était difficile de croire qu'il s'était passé tant de choses derrière ses murs de briques rouges.

Nancy se tourna vers Mike et saisit son regard. Il lui souriait, elle eut une soudaine envie de lui passer les doigts dans les cheveux. Elle était soulagée de lui avoir dit la vérité sur son aventure avec Daryl. Elle ne voulait pas de cachotteries entre eux. Elle s'était trouvée aux prises avec suffisamment de secrets à Bedford High.

IMPRIMÉ EN FRANCE PAR BRODARD ET TAUPIN
Usine de La Flèche, 72200.
Loi n° 49-956 du 16 juillet 1949 sur les publications destinées à la jeunesse.
Dépôt : juin 1988.